Zu diesem Buch

»Ja, sie liebt ihn. Ja, am liebsten würde sie den Vater ihres Sohnes Bobby heiraten. Statt dessen stößt sie ihm das Küchenmesser in die Brust und geht ins Büro. Freitags ist dort zu viel los, als daß eine der Datentypistinnen fehlen dürfte. – Ein Mann hat diese lakonisch-traurig-komische Geschichte geschrieben, und besser könnte sich keine Schriftstellerin in die Seele einer Frau hineindenken. Was diese junge Londonerin fühlt, ihre Bewunderung für den hohlköpfigen Roger, der Büroarbeit und Liebe nur als Material für die Dichterkarriere betrachtet, ihre Sehnsucht nach Geborgenheit – Anne schildert es bis zum beinahe zufälligen Mord so schlicht wie schön.« (»Brigitte«)

»Anne hat ein simples, aber sympathisches Gemüt, mag kitschige Liebesgeschichten und träumt davon, eine gewöhnliche, möglichst unkomplizierte Ehe mit Roger (oder wem auch immer) zu führen. Sie ist der Trivialität des Alltags gänzlich verfallen. Aber mit ihrem gesunden Menschenverstand zieht sie jeden Leser auf ihre Seite. Vor allem ihre fast schnodderige Art, in der sie ihre Beziehung zu Roger beschreibt, ist so erfrischend, natürlich, naiv und manchmal auch schamlos, daß man seine helle Freude hat.« (»Allgemeine Zeitung Mainz«)

»Ein sehr heutiges, trauriges und liebenswertes Buch.« (»Berliner Morgenpost«)

»Spannung und trockener Humor sorgen für ein atemberaubendes Lesevergnügen.« (»Kieler Nachrichten«)

Tim Parks, geboren 1954 in Manchester, studierte englische Literatur in Cambridge und Harvard. Er lebt als Lehrer, Übersetzer und Autor in Italien.

Tim Parks

Roger zu lieben

Roman

Aus dem Englischen
von Hans M. Herzog

rororo

Rowohlt

Veröffentlicht im Rowohlt Taschenbuch Verlag GmbH,
Reinbek bei Hamburg, September 1990

Die Originalausgabe erschien unter dem Titel
»Loving Roger«

Umschlaggestaltung Barbara Hanke
(Illustration: Celia Johnson)
Gesamtherstellung Clausen & Bosse, Leck
Printed in Germany
880-ISBN 3 499 12682 6

Für Rita

Roger lag auf meinem neuen blauen Läufer in der Ekke neben dem Fernseher und der Lampe, die so aussah, als würden ständig die komischen orangenen Blasen drin aufsteigen, die er nicht ausstehen konnte. Aber ich ging zur Arbeit wie sonst auch. Ich machte mir mein übliches Käse-Sandwich und brachte den Kleinen den Tag über nach oben zu Mrs. Duckworth, der nichts an mir auffiel, glaube ich. Anders als sonst ließ ich das Sicherheitsschloß zuschnappen, falls Mrs. D auf den Gedanken kommen sollte, Bobby müsse mal eben umgezogen werden, oder falls sie im Garten Blumen pflückte und mir ein paar davon abgeben wollte. Mrs. D hat nämlich einen Zweitschlüssel für das Yale-Schloß an meiner Wohnungstür.
Ich wusch mir gründlich die Hände, belegte das Brot, verließ die Wohnung und ließ das Sicherheitsschloß einrasten, ein Ingersoll mit zwei dicken Bolzen, die in zwei tiefe Löcher schnappen. Roger hat mich oft genug ausgelacht, weil ich so ängstlich bin. Er sagte immer, in meinem Kopf wimmele es vor Ängsten, und deshalb krallte ich meine Nägel in andere Leute und klammerte mich an ihnen fest. Ich brachte das Baby nach oben, gab Mrs. D ihre wöchentlichen zwanzig Pfund und ging zum Bus.

Arbeiten ging ich, weil ich dachte, es würde mich beruhigen und besänftigen, und dann am Abend, wenn der letzte Brief getippt und abgeschickt und mein Schreibtisch aufgeräumt war, wenn die Schreibmaschine abgedeckt und all die kleinen Gegenstände des täglichen Gebrauchs, Büroklammern, Tesafilm und solche Sachen fein säuberlich an der Tischoberkante aufgereiht waren, wie Mr. Buckley es auf seinen Kontrollgängen verlangte, dann, dachte ich, würde ich es jemandem erzählen (wem weiß ich nicht, vielleicht den Samaritern oder Mums Pfarrer, der von sich sagt, er würfe nie den ersten Stein – was am Ende aber doch auf die Polizei hinauslief), ich würde ihnen erzählen, wie es zwischen uns, Roger und mir, gewesen war, und wie er auf den Läufer in der Ecke beim Fernseher unter der hübschen Lampe geraten war, über die er immer die Nase gerümpft und was von »proletarischem Geschmack« gesagt hatte, wegen der blöden orangefarbenen Blasen, die auf und nieder schwebten und kitschig seien, sagte er. Er sagte: »Bei durchschnittlichen Dingen kriegst du feuchte Höschen, stimmt's? Genauso ist es mit Beziehungen. Du sehnst dich mit aller Macht nach einer dieser durchschnittlichen Beziehungen, wie du sie im Fernsehen siehst oder in deinen Schmökern verschlingst.« Weil ich nämlich während meiner Schwangerschaft *Die Dornenvögel* und *Palast der Winde* gelesen hatte. Und ich sagte: »Ach Roger, du weißt doch, daß ich dich liebe.«
Jedenfalls konnte ich unmöglich an einem Freitag im Büro fehlen, nicht einmal unter diesen Umständen.

Freitags war nämlich am meisten los. In unserem Zimmer, dem Sekretärinnenzimmer, hing ein Zettel an der Wand: »Sie können an jedem Wochentag krank werden, außer am Freitag«, und wenn Mr. Buckley neue Bewerberinnen herumführte, zeigte er immer auf diesen Zettel und sagte lächelnd: »Freitag krank, Montag ans Kreuz geschlagen.« Am Freitag, das war das Letzte. Und nun, wo Roger nicht da war, wäre es noch schlimmer gewesen als je zuvor.

Ich war neugierig, wie es ohne Roger im Büro sein würde, und bevor ich mit anderen darüber sprach, brauchte ich einen Tag, um zu mir zu kommen. Sonst wäre ich schon durcheinander bevor ich anfing, und mit ihren Fragen würden sie mich noch mehr durcheinanderbringen, und schon wäre ich nur noch konfus und in Tränen aufgelöst, wie mir das manchmal passiert, und keiner hätte aus mir schlau werden können. Roger hat gesagt, ich litte unter dieser verdammt dämlichen Manie, daß ich immer aus allem schlau werden wolle; er hat gesagt, ich wolle nichts weiter als Erklärungen finden, die in mein kleines Köpfchen paßten. Aber wenn man nicht schlau daraus wird, wieso man jemanden so sehr liebt und gleichzeitig haßt, daß man so was tut, woraus kann man dann überhaupt noch schlau werden? Aus gar nichts.

An der Bushaltestelle sagte ich laut »Gar nichts« vor mich hin, und ein Inder, der kleine Inspektor, der immer da ist, mit seinem Bleistift hinter dem Ohr, sagte: »Wird überhaupt nicht besser, nicht wahr?« Ich lächelte ihn an. Lächeln fällt mir immer leicht, sogar wenn ich in Panik bin.

»Stau«, erklärte er vergnügt. »Bis zur Uxbridge.« Ungefähr zwanzig von uns quetschten sich in das Wartehäuschen und sahen zu, wie das Wasser an den Ecken runterlief.

»Und er reicht bis Marble Arch runter.«

Grimmig lächelnd tippte der Inspektor an das kleine Transistorradio in seiner Brusttasche, doch niemand war gesprächig. Alle versuchten, ihre Zeitungen am Naßwerden zu hindern, während sie lasen, daß die Gallone Benzin schon wieder acht Pence teurer wurde. Hätte ich je Autofahren gelernt, wie Roger es immer gewollt hatte, dachte ich, dann hätte ich jetzt sein Auto nehmen, losfahren und es auf dem für das Management reservierten Parkplatz abstellen können. Dann hätte ich das Fahrgeld gespart.

Er hat einen Passat, Roger. Einen Volkswagen Passat Diesel. Er sagt nämlich, er will keinen Ford haben wie alle anderen. Das war immer furchtbar wichtig für ihn, nicht wie alle anderen zu sein. Sich den Gruppenzwängen entziehen, hat er gesagt. Aus Dingen schlau werden, das war dagegen unwichtig.

Allerdings kann auch sein, daß ich es nicht richtig verstanden habe.

Unser Bus schlich durch den Nieselregen die Uxbridge Road entlang, und als der Schaffner kam, entdeckte ich, daß ich kein Geld dabei hatte. Ich war so fix und fertig, wie ich in meiner Handtasche herumwühlte, während der junge Schwarze neben mir amüsiert zusah und der Schaffner vor sich hinpfiff und seine Hand voller Zehnpennystücke öffnete und schloß – so fix und fertig war ich, daß ich einen Moment lang dachte, ich müsse schreien. Ich wühlte in meiner Tasche herum und fand einen Stapel schmutziger Papiertaschentücher, mein Kreuz mit der kaputten Halskette, Tampons, Schminke, gebrauchte Busfahrscheine und eine Gasrechnung, aber kein Portemonnaie.

Wenn ich ihm Namen und Anschrift gäbe, sagte der Schaffner, würden mir die Londoner Verkehrsbetriebe die Rechnung zustellen.

»Aber ich ziehe bald um«, sagte ich.

Dann würde die Rechnung eben von der Post nachgeschickt, sagte er. Er stand über mir und öffnete und schloß die Hand so schnell, daß die Münzen hell klirrend gegeneinanderschlugen, ein Geräusch wie mein Sicherheitsschloß Marke Ingersoll. Er war ein großer Ire mit rotgeädertem Gesicht und ungeduldig, weil ständig Leute zu- und ausstiegen und er so viel Fahrgeld kassieren mußte.

»Schreib doch deine Adresse auf, Kindchen«, sagte er und ging weiter. »Betrachte es einfach als kostenlosen Kredit. Mußt ihn meinetwegen erst in einem Jahrhundert zurückzahlen, zinsfrei.«

Ich stellte mir vor, wie die Rechnung nach hundert Jahren durch den Briefschlitz flattern und Rogers Geruch nach draußen dringen würde, wie damals der Geruch, als ich im Krankenhaus gearbeitet hatte und die Pfleger die Bahren durch den Gang zum Leichenschauhaus schoben. Darum stand ich auf, drängte mich an allen vorbei aus dem Bus in den Nieselregen und ging den letzten Kilometer ins Büro, weil Regen mich nie gestört hat, und selbst wenn ich mir eine Er-

kältung holte, würde es zu diesem Zeitpunkt nicht mehr allzuviel ausmachen, dachte ich mir.
Weil ich nicht in der Stimmung war, mich zu beeilen, ging ich langsam, und als ich am Auto-Ausstellungsraum vorbeikam, blieb ich stehen, ohne zu wissen warum, und sah mir den dort ausgestellten Jaguar XJ an, vor dem Roger immer stehengeblieben war, um ihn sich anzusehen, und als er einmal guter Laune gewesen war, hatte er mich hineingezerrt und mit Bobby auf dem Schoß auf den Beifahrersitz bugsiert, während er mit der Gangschaltung gespielt und »brumm-brumm« gemacht hatte. Auf den Fenstern des Ausstellungsraums stand »Britische Wertarbeit – unübertroffen«, aber die Scheiben waren feucht vom Nieselregen, und der XJ war nichts weiter als ein silbriger Fleck, der einem auf der großen rotierenden Plattform, die sie dort haben, langsam seine beiden Seiten zeigte. Ich überlegte kurz, ob wir beide immer noch befreundet gewesen wären, wenn er endlich genug Geld gespart hätte, um den Wagen oder irgendein neu auf den Markt gekommenes Modell zu kaufen, und ob er mich damit auf Spritztouren mitgenommen hätte und sogar selbst hätte fahren lassen, wenn ich auf ihn gehört und Autofahren gelernt hätte; oder ob ich mich mit dem Mini hätte begnügen müssen, bei dessen Kauf er mir zu helfen versprochen hatte, falls und sobald ich meinen Führerschein hatte: Damit ich unabhängiger würde, sagte er, und öfter rauskäme und besser gelaunt wäre, anstatt wie ein feuchter Lappen mit Jammermiene zu Hause rumzuhängen und auf ihn als Fahrer angewiesen zu sein.

»Dein Problem ist, daß du auf mich angewiesen sein *willst*«, sagte er, und daß es ein Armutszeugnis sei, wenn man auf einen anderen Menschen angewiesen sein wolle. Es sei, als hängten sich solche Leute einen Mühlstein um den Hals.

Ich kam über eine halbe Stunde zu spät.
Jackie sagte: »Guten Abend, Hoheit.«
Wendy sagte: »Montag bis Donnerstag verspätet: verdorben; Freitag verspätet: Todsünde. Bekenne, Sünderin.«
Sie ist auf der Universität gewesen, diese Wendy, und in ein paar Monaten wird man sie in die Design- oder Marketingabteilung versetzen und jemand anderen zum Tippen suchen. Sie ist sehr dünn, sieht richtig gelehrt aus und hat nicht mehr Busen als ich, bevor ich das Kind bekam, und wenn sie mit Mr. Buckley oder Salvatore spricht, reckt sie den Kopf, macht einen ganz schmalen Mund und redet mit ihnen wie mit ihresgleichen, was Mr. Buckley gefällt, das merkt man. Man merkt auch, daß er glaubt, sie wird die Spitzenkraft seiner Abteilung sein, sobald er Jonathan losgeworden ist; das heißt, falls er das schafft, bevor Salvatore sie ihm für Marketing wegschnappt. Nie ist sie durcheinander wie ich oder aufgedreht und kokett wie Jackie, aber dafür kann sie auch nicht halb so gut Maschine schreiben wie wir beide. Pro Seite macht sie fünf oder sechs Fehler, und ihre Fingerkuppen sind immer weiß vom Tipp-Ex. Sie behauptet, für eine gute Schreibkraft sei ihr Verstand zu rege.
»Du siehst aus wie eine ersoffene Ratte«, sagte Jackie

vergnügt und zog an einer frisch angezündeten Zigarette.
Meine Haare waren triefnaß. Ich setzte mich an meinen Schreibtisch und nahm die Abdeckung von der Maschine.
»Du bist doch nicht etwa schon wieder auf der falschen Seite aus dem Bett gestiegen?«
»Und gegen die Wand geprallt?«
Sie hatten beim Sprechen ihre Zigaretten im Mund und tippten gleichzeitig, also war keine Antwort nötig. Der Rauch stieg in Ringen an die Decke, wo er schal unter den Leuchtstoffröhren hing. Ich fand den ersten Brief, der von Mr. Buckley stammte, strich ihn glatt und las ihn durch. Als ich meine Finger auf die Tasten legte, fiel mir auf, daß etwas nicht stimmte. An meinen Nägeln klebte getrocknetes Blut. Ich schloß die Augen.
Noch hatte niemand ein Wort über Roger verloren.
Nach etwa fünf Minuten kam Salvatore hereingestürmt, die Hände voller Papiere, ein Ausbund an Schwung und Energie, was für uns ein zusätzlicher Arbeitsanreiz sein sollte. Er ließ die Papiere auf meinen Schreibtisch fallen und rieb sich die Hände, so daß man seine goldblitzenden Manschettenknöpfe sah. »Meine kleine verlorene Seele!« rief er. »Endlich eingetroffen! Meine Lieblingsdatentippistin.«
Er ist der Firmenclown, und jeder haßt und liebt ihn gleichzeitig, außer Mr. Buckley, der ihn nur haßt. Seit ich zum ersten Mal dieses Büro betrat, nennt er mich »Meine kleine verlorene Seele«.
»Da Roger heute nicht anwesend zu sein scheint,

muß ich auch noch sämtliche Schriftsatzaufträge entgegennehmen. Immer nur hopp, hopp, hopp, nichts als lauter Arbeit!«
»Daß ich deshalb aus lauter Mitgefühl eine Träne vergieße, werden Sie nicht erleben«, sagte Jackie.
Dann fragte Salvatore Wendy scherzhaft, ob sie ganz zufällig wisse, wo der große Mr. Cruikshank abgeblieben sei, schließlich wußte jeder, daß Wendy ein wenig in Roger verknallt war, und sie sagte betont spröde, nein, sie habe keine Ahnung. Salvatore lachte los, wobei er sich immerzu die Hände rieb, und ich dachte: Roger ist in meiner Einzimmerwohnung und liegt auf meinem neuen blauen Läufer vor dem Fernseher; und dann fiel mir ein, daß ich, wenn es in seinem Zimmer – oder auf seiner Bude, wie er es seit seiner Rückkehr aus Amerika nannte – geschehen wäre, keinem etwas hätte erzählen müssen.
Es wußte nämlich keiner Bescheid über Roger und mich. Keiner würde mich fragen, ob ich wisse, wo Roger sei. Keiner wußte auch nur das Geringste.
Dann klingelte in Salvatores Büro das Telefon, worauf er händeringend jammerte, Gott möge uns vor Freitagen bewahren, aber man sah, daß er sich eigentlich ganz wohl in seiner Haut fühlte.
Fünf oder auch zehn Minuten später sagte Jackie betont freundlich: »Was ist denn bloß mit dir los, Kleines? Du siehst heute morgen aus wie eine Schlafwandlerin.«
Ich verriet ihnen, daß ich wieder schwanger war.
Wendy sagte gar nichts.
»Weißt du das genau?«

Ich bejahte.
»Und wer ist diesmal der Vater?«
»Selbe Kerl.«
Da wurde Jackie richtig wütend. Sie fragte mich, ob er mich immer noch nicht heiraten wollte, und ich sagte nein, kein Gedanke, er wolle nicht mal mit mir zusammenziehen, aber dafür könne er nichts. Er sei letztlich einfach nicht der Typ dazu, er sei nicht zum Ehemann geschaffen. Ich bemühte mich um einen möglichst beiläufigen Tonfall und zog die oberste Schublade auf, um mir ein Kaugummi zu nehmen, aber es war keiner mehr da.
»Scheiß auf ihn und was für 'ne Sorte Mann er ist!« sagte Jackie und reckte mir über die Schreibmaschine hinweg ihre schweren Brüste entgegen. Riesige Brüste hat sie, die Jackie, zu groß sogar, um sie darum zu beneiden. »Wenn ich du wäre, würde ich ihn verdammt noch mal umbringen!«
Und ich sagte: »Das hab ich getan.«

Um aus einer Sache schlau zu werden, sollte man tunlichst am Anfang beginnen, nämlich an dem Tag, als Salvatore den Kopf in unser Büro steckte und fragte, ob eins von uns Mädels vielleicht den neuen leitenden Mitarbeiter für den Schriftsatz durch alle Büros führen könnte, und die anderen beiden mich losschickten, weil sie zuviel zu tun hatten und wußten, daß ich schüchtern war, darum fanden sie es wahrscheinlich urkomisch, wenn ich ging. Damals gab es noch keine Wendy im Büro, sondern eine andere, ältere Frau namens Beatrice, mit gewählter Aussprache, die anscheinend früher Sachen in der BBC vorgelesen hatte, im Radio, doch die Stellung hatte sie aufgegeben und geheiratet, und jetzt, zehn Jahre später, langweilte sie sich so, daß sie wieder ein wenig berufstätig sein wollte. Sie hatte andere Arbeitszeiten als alle anderen, von zehn Uhr morgens bis vier, also muß ihr Mann wohl ein Freund von Mr. G gewesen sein, und außerdem sagte sie, sie käme bloß zur Arbeit, weil sie sich in Surbiton dermaßen langweile.

Keine Ahnung, wie sie aus Surbiton nach Shepherd's Bush kam, aber sie muß immer eine halbe Ewigkeit unterwegs gewesen sein.

Ich ging also runter zum Empfang, um Roger zu begrüßen. Großgewachsen war er, Roger, und an jenem Morgen merkte man, wie unwohl er sich fühlte, so groß, blond und auffällig an einem Ort herumzustehen, wo er neu war und sich überhaupt nicht auskannte, im Gegensatz zu allen anderen, die sich untereinander kannten und genau wußten, was sie zu tun hatten. Ich erinnere mich sogar noch, wie erleichtert ich war, daß dieser Mr. Cruikshank anscheinend schüchtern und keiner dieser naßforschen Burschen war, die nie begreifen, wann man genug hat.

»Miss Eastwood«, stellte ich mich vor und brachte ihn vom Empfang nach oben zu Verkauf und Marketing, wo Salvatore seine Bürotür offen hatte, um Sally und Yvonne zu beobachten. Alle drei telefonierten, was den lieben langen Tag ihre einzige Beschäftigung war, und Salvatore buchstabierte seinen Namen wie immer in der langen Version: »S wie Sonnyboy, A wie Apfelblüte, L wie Liebhaber oder Lüstling«, und

so weiter. Er hatte einen silberblauen Anzug an und gab Roger durch die offene Tür ein Zeichen: Geschlossene Faust, Daumen nach oben. Ich nannte Roger Yvonnes und Sallys Nachnamen, und sie sahen auf und nickten, was ihn in Verlegeheit zu bringen schien. Yvonne trug, wie konnte es auch anders sein, ihre schwarze Netzstrumpfhose und hatte einen Fuß aufs Fensterbrett gelegt, was Salvatore nicht sehen konnte. »PP garantiert die schnellsten Lieferzeiten in der ganzen Stadt«, sagte sie und blinzelte uns zu.
In der Designabteilung wollte Mr. Buckley, ehe ihm Salvatore zuvorkam, Mr. Cruikshank zu seinem persönlichen Mitarbeiter machen, darum plazierte er ihn auf der anderen Seite seines Schreibtischs und erzählte was von Effizienz und ständigen Kontrollen und daß dies hier das Herz der Firma sei, wo die Brötchen verdient würden, und alles andere wären bloß Kinkerlitzchen. Roger nickte ununterbrochen, während ich am Fenster stand und zusah, wie sich der Verkehr unter der Brücke über die Uxbridge Road schob. Am U-Bahneingang hockte eine Frau und wischte einem kleinen Jungen den Mund, und ich dachte, wie schön es doch wäre, trotz allem, was die Feministinnen sagen, ein nettes Baby zu haben und Hausfrau zu sein, weil mich nämlich Büro, Neonröhren und Zigarettenqualm furchtbar anödeten. Sie ödeten mich dermaßen an, daß ich es bis in meine Nervenenden spürte. Als ich mich umdrehte, puhlte Jonathan, der mit Mr. Buckley zusammenarbeitet, gerade die Folie von einem Adressenaufkleber und lächelte mir zu.

»Hast du *Saturday Night at the Mill* gesehen?«
Ich wollte wissen, warum.
»Kennst du Natalie Bronsky, die amerikanische Tänzerin?«
»Na und?« Ich kannte sie nicht.
»Tja, du hast den gleichen Hintern wie sie.«
Jonathan ist ungefähr fünfundzwanzig, hat in Oxford studiert, wirkt schrecklich korrekt und ordentlich mit seinem kleinen Schnurrbart, der fast wie angeklebt aussieht, und hat so eine Art, einem mit total ernstem Gesicht peinliche private Dinge zu sagen, und dabei bewegt sich sein Schnurrbart kein bißchen.
Ich nahm Roger mit hinunter in die Buchführung und dann in den Schriftsatz, seine zukünftige Abteilung. Mir kam es so vor, als würde er sich zu allen Leuten ein wenig unsicher und scheu verhalten, und ich dachte: jede Wette, daß der nicht länger als zwei bis drei Monate hier bleibt. Er tat mir richtig leid, darum holte ich ihm, als wir den Telexraum hinter uns hatten, einen Kaffee aus der Maschine. Fünf Pence der Becher, und das war noch zu teuer.
»Was halten Sie von all dem?« fragte ich ihn und drehte mich auf dem Telex-Stuhl. Ich fragte mich, ob Jonathans Bemerkung vielleicht als Kompliment gedacht war oder was. Aber andererseits sagte er solche Sachen zu jedem.
»Soweit in Ordnung.«
»Besonders begeistert klingen Sie nicht gerade.«
Er zuckte die Achseln und ich lachte. Wenn jemand schüchtern ist, macht mich das lebhafter und extrovertierter. Das ist mir aufgefallen. Mein Dad sagt, ich

sei so ängstlich wie ein Mäuschen, aber eigentlich stimmt das gar nicht. Nur bei Leuten wie Salvatore oder Mr. Buckley. Und ganz tief drinnen nicht mal bei denen.

»Das klingt ja, als wollten Sie die Stellung eigentlich gar nicht haben.«

»Eigentlich nicht.« Er lächelte. »Ich wollte noch nie in einem Büro arbeiten.«

Wenn er den Leuten sagt, was er denkt, bleibt er nicht mal einen Monat, dachte ich. Weil nämlich in diesem Büro jeder jedem alles weitersagt, und dann erfährt Mr. G es von Yvonne.

»Das ist doch nicht Ihr erster Job, oder?«

»Nein.« Er schwieg und sah mich an. »Also, genaugenommen doch. Obwohl in meiner Bewerbung was anderes steht.«

Der Fernschreiber fing an zu rattern. Irgendwas von Mr. G's Tochter aus Amerika.

»Macht einen schrecklichen Lärm«, rief ich.

»Ja, furchtbar«, er lächelte, und er hatte einen ganz leichten mittelenglischen Akzent, aber sehr schwach, was mir ganz gut gefiel.

Zwei oder drei Wochen später brachte er mich in seinem Auto nach Hause. Damals hatte er einen alten Mini, und da er in Ealing wohnte, war es gar kein Umweg für ihn, mich in Acton abzusetzen. Er hielt an der Bushaltestelle und fragte, ob ich nicht mitfahren wolle. Nachdem er mich ein paar Mal mitgenommen hatte, bat ich ihn an einem Abend, an dem meine Eltern nicht zu Hause waren, auf eine Tasse Tee herein.

Wir bewohnten eine Doppelhaushälfte in der Horn Lane, das Wohnzimmer war grün mit silbernen Streifen tapeziert und vollgepfropft mit all den Dingen, die Mum sich nach Brians Tod zur Aufmunterung gekauft hatte, und nun wußte sie nicht wohin damit.
Nein, der Job sei in Ordnung, sagte er, so wie Jobs eben seien; nur eine Stufe drunter, mehr nicht. Wo drunter, fragte ich. Unter dem, was er gern wäre. Und das sei? Er zögerte. Er saß in Dads Sessel, den Kopf auf einem meiner Unterhemden, das darauf wartete, gebügelt zu werden.
»Ein Schriftsteller«, sagte er. »Theaterstücke, Filme.«
Dann erzählte er, sehr ausführlich und ernst, vornübergeneigt, Tasse und Untertasse in einer Hand balancierend, so daß der Tee auf seine Kekse schwappte. Je länger er redete, desto aufgeregter wurde er, seine Augen funkelten und sein Blick schien sich in mich zu bohren. Das war besonders beeindruckend an Roger, daß er so schrecklich ernst sein konnte.
Die Sache sei die, daß er eigentlich mehr als ein Verkäufer von Schriftsatzkundendienst sein müsse, sagte er, bei seiner Bildung, seinen Ideen und seinem Ehrgeiz. Doch das sei noch nicht alles. Entscheidend sei, daß wir alle viel wertvoller seien, als unsere Tätigkeit es zuließ, und es sei eine Sünde und Schande, daß jemand wie er sein Leben lang den Telefonhörer abnehmen und auflegen müsse – oder daß ich auf die Schreibmaschine einzuhämmern habe.
Er habe einmal einen Artikel darüber geschrieben, sagte er. »Für den *Guardian*.«

»Ich komm zurecht damit«, sagte ich. »Ich hab meinen Spaß dabei. Bloß manchmal hab ich es satt, das ist alles.«
Aber er sagte, nein, die ganze Struktur sei nicht gut genug für uns – so wie das Ganze organisiert werde, Profitinteresse und Arbeitsteilung. Er redete so ernst mit mir, wie wohl noch nie jemand mit mir geredet hatte, in Worten, die ich nicht mal kannte, geschweige denn verstand, die sich anhörten, wie aus der *Financial Times*, und während er sprach, beobachtete ich seinen Mund, seine beweglichen und ernsten breiten Lippen, und die blauen intelligenten Augen. Mir kam er ungeheuer intelligent vor. Inzwischen hatte er die Tasse abgesetzt und gestikulierte viel mit den Händen, wie ein Politiker im Fernsehen; sie waren nervös und fahrig, die Nägel abgeknabbert. Die Sache sei doch die, daß man zermalmt werde, vom Druck und den Forderungen aus allen Richtungen, doch er sei entschlossen, sich nicht zermalmen zu lassen.
»Aber du willst von mir bestimmt keine Vorträge über mein Steckenpferd hören«, sagte er plötzlich, stand auf und wollte gehen. Ich sagte, ich hörte intelligenten Menschen gern zu, doch anscheinend mußte er zum Abendessen. Er hatte ein Zimmer in einem Haus in der Nähe vom Ealing Broadway, und seine Vermieterin kochte wochentags um halb acht zu Abend.
An der Haustür sagte er: »Ach ja, am besten erwähnst du im Büro nicht, daß ich dich nach Hause fahre. Du weißt ja, wie es ist. Alles spricht sich her-

um, und sie vermuten immer gleich das Schlimmste.« Dann lachte er, und ich sagte ja, das stimme, er habe recht, und ich weiß noch, daß ich richtig froh darüber war, daß er mich gebeten hatte, es nicht weiterzusagen, als gebe es ein Geheimnis zwischen uns, und ich schaute ihm hinterher, wie er durch den Garten, den unser Dad zubetoniert hatte, nachdem die Schnecken seine ganzen Erbsen gefressen hatten, zum Tor ging. Er hatte einen energischen, nervösen Gang, und kaum saß er im Auto, raste er auch schon los wie ein Irrer.

»Er wird sich noch umbringen«, sagte ich und hatte wieder das Gefühl, daß ich ihn ganz gern mochte.

Wenn ich heute daran zurückdenke, erscheint mir mein Leben vor Roger wie eine Art traumloser Schlaf, eine dieser Phasen, an die man sich so schlecht erinnert, daß man kaum glauben kann, man hat wirklich gelebt. Einerseits, nehme ich an, war ich vollkommen glücklich, andererseits war ich wohl kaum mehr als ein Zombie, in all meinen kleinen Angewohnheiten gefangen – wie eine Kugel, so stellte ich es mir manchmal vor, wie eine Kugel in einem Billardspiel, die ständig zwischen dem morgendlichen Weckerklingeln und der Tasse Kakao hin- und herrollte, die Mum mir abends machte, wenn der Spielfilm aus war und Dad an den *Tagesthemen* herumnörgelte. Hin und her, morgens und abends, Woche für Woche.

Damals wohnte ich zu Hause, und mein Zuhause war tot. Es war gleichzeitig mit meinem Bruder Brian gestorben, als der drei Jahre zuvor bei einem Autounfall ums Leben kam, auf dem Nachhauseweg mit den Jungs. Brian war fünfundzwanzig, als er starb, acht Jahre älter als ich, und Dad hatte nur für ihn gelebt, weil er gescheit war, eine Computerkarriere machte, ein fantastischer Gedrängehalbspieler für das Rugbyteam Park Royal Runners war und immer eine Freundin im Arm hatte, wenn er abends nach Bier und Zigaretten stinkend nach Hause kam. »Trübe Tasse« nannte er mich, und wenn ich mich mal beschwerte, in Acton könne man nichts unternehmen, sagte Mum immer: »Aber Annalein« – ich heiße nämlich Anna – »sieh dir Brian an! Brian unternimmt immer irgend etwas.« Aber Brian hatte auch seinen uralten Triumph Herald, den er immer wieder aufmöbelte und in die Stadt kutschierte.

Nach Brians Tod setzte sich Dad, anders als geplant, doch nicht frühzeitig zur Ruhe. Er arbeitete weiter, gab den Schrebergarten auf und betonierte den Garten zu, kaum daß etwas schiefging, nämlich die Sache mit den Erbsen, die jedes Jahr passierte und ihn bis dahin nie sonderlich gestört hatte. Dann ging auch Mum wieder arbeiten, zum ersten Mal seit Menschengedenken, wahrscheinlich seit vor unserer Geburt – Versicherungspolicen ablegen –, und in unserem Haus wurde nicht mehr miteinander geredet, wenigstens nicht so lebhaft wie früher.

Ich fragte Mum, ob wir den Triumph reparieren und ich darauf üben und ihn benutzen konnte, schließlich war er nicht übermäßig stark beschädigt – Dad hatte ihn gleich nach dem Unfall zum Parkplatz der Schrebergartenkolonie abschleppen lassen, seitdem hatte ihn niemand mehr angerührt –, doch sie meinte, wenn meinem Vater dieses Fahrzeug je wieder unter die Augen käme, würde er es sehr wahrscheinlich mit bloßen Händen in Stücke reißen oder mit der Axt bearbeiten; außerdem sei allein schon die Frage ungehörig. Als ich also meine Stelle im Krankenhaus kündigte und sie mich bei PP einstellten, stand ich eben früh auf, ging arbeiten, kam dann um sechs oder sieben zurück, wenn ich nicht mit Jackie noch auf ein Glas in die Kneipe ging, und abends saßen wir alle zu Hause und sahen in donnerndem Schweigen fern, so daß ich wohl keine einzige Folge von irgendwas versäumt habe, immer wußte, wer in der Hitparade ganz oben stand, wer in der ersten und zweiten Liga oben und wer unten rangierte – und sogar in der dritten, als Queens Park Rangers eine Saison lang abstiegen –, wer die Wahl gewinnen würde, wenn es mal eine gab, wer das Grand-National-Pferderennen und wer den Europäischen Schlagerwettbewerb, den ich unerträglich fand und trotzdem nie versäumte.

Ich hatte einen Freund, Malcolm, der seit der dritten Klasse mit mir ging und mich ungefähr eine Million Mal gebeten hatte, ihn zu heiraten, allerdings ohne je zu versuchen, mich ins Bett zu kriegen oder auch nur ernsthaft zu küssen. Er stand eher auf Bergsteigen und Fischen, und bevor Dad den Garten zubetonierte, war er sonntags morgens vorbeigekommen, um zu fragen, ob er ein paar Würmer ausgraben konnte, weil er in der Neubausiedlung bei Acton Vale wohnte, wo überhaupt kein Gras wuchs. Nach Brians Tod waren er und Dad ein- oder zweimal losgezogen und hatten sich neben den Grand Union Canal unter ihre Sonnenschirme gesetzt. Letztes Jahr wollte er mit mir den Ben Nevis besteigen, doch in größeren Höhen hab ich immer das Gefühl, mir wird schlecht, oder daß ich gleich was Verrücktes mache, mich fallenlasse oder so, dann überkommt mich der schreckliche Drang, alles zurückzulassen und zu springen. Darum ging ich nicht mit.

Nein, der einzige, der je versucht hatte, mich zu küssen oder zu befummeln, war Jonathan auf der Weihnachtsfeier im Büro, und der versuchte das bei allen Mädchen, schon nach einem einzigem Glas.

Am Abend, als Roger mich nach Hause brachte, ging ich nach oben und sah mir im Spiegel von Mums Frisierkommode mein Gesicht an. Ich betrachtete es bloß eine Weile, dann stand ich auf und ging wieder runter. Es gab vielleicht zweierlei in meinem Gesicht, was nicht so ganz stimmte: einmal die Lippen, die zu dünn und blaß waren, dann die buschigen und zu niedrigen Augenbrauen; beides hätte ich problemlos mit dem richtigen Lippenstift und ein wenig sorgfältigem Zupfen korrigieren können, weil ich, glaube ich, im Grunde genommen ziemlich hübsch bin – meine Nase ist jedenfalls schön –, außer daß ich mich immer so lustlos fühle, wenn ich von der Arbeit nach Hause komme, und mich zu gar nichts aufraffen kann.

»Die Sache ist die, daß ich im Büro mein Leben vergeude«, antwortete ich, als Dad wissen wollte, was denn los sei.

»Du und zehn Millionen verflixte andere«, sagte er.

»Du kannst dich glücklich schätzen, daß du überhaupt eine Arbeit hast«, sagte Mum. Wir balancierten Curry aus einem Schnellimbiß auf den Knien und aßen es mit *Starsky und Hutch*. Mum erzählte immer, wir müßten für irgendwas dankbar sein, und wenn Dad mal wütend wurde, sagte er: »Unglücklich können wir uns schätzen, das stimmt schon eher, beschissen unglücklich«, und wenn Mum und ich sonntags in die Kirche gingen, weigerte er sich immer, uns zu begleiten.

»Scheiß Gott«, fluchte er dann und blätterte in der Zeitung, während Mum ihre Sonntagshandschuhe über einen Finger nach dem anderen streifte. Seit Brians Tod war sie religiöser geworden und ging manchmal sogar zu Sancen, obwohl es ihr der Pfarrer verboten hatte. Brians Zimmer hatte sie genauso gelassen wie an seinem Todestag, dort durfte niemand etwas verändern, sonst bekam sie hysterische Anfälle und räumte alles wieder an seinen alten Platz. Während ich nach hinten raus in einem winzigen Kämmerchen hauste, aus dem man direkt auf die Rückseite des Nachbarhauses sah, war Brians Zimmer zehn Quadratmeter groß und überblickte die Horn Lane, so daß man wenigstens die auf den Bus wartetenden Leute beobachten konnte.

Ich fragte aber nie, ob ich in Brians Zimmer ziehen durfte.

Roger brachte mich inzwischen fast jeden Abend nach Hause, und bald wußte er, an welchen Tagen Mum und Dad nicht da waren; dann kam er mit hinein, trank eine Tasse Tee und knabberte einen Keks, und ich achtete immer darauf, zwischen zwei Besuchen die Keksschachtel nachzufüllen, so daß niemand etwas merkte.
Ich weiß nicht, warum, aber noch wollte ich nicht, daß meine Eltern von Roger erfuhren, daß Dad überprüfte, ob er auch links genug war, und Mum ihn auf der Heiratswaage wog und bekanntgab, er könne Brian nicht das Wasser reichen. Teils befürchtete ich, sie würden ihn verscheuchen, teils wollte ich einmal jemanden ganz für mich allein haben, nicht wie mit Malcolm, der inzwischen schon richtig zur Familie gehörte und auch mal nur zum Herumsitzen und Fernsehen vorbeikam, wenn ich gar nicht da war.
Wahrscheinlich war es in gewisser Weise genauso meine Schuld wie seine; wenigstens am Anfang.
»Mr. G ist ein richtiger Unhold«, sagte Roger und stippte seinen Keks ein, »so wie der immer alle gegeneinander ausspielt. Ein Taktiker ist er, ein richtiger Mistkerl.«
Ich wollte aber keine Bürogespräche führen. Ich dachte mir, wenn er mich schon so oft nach Hause brachte, müßte Roger mich doch langsam ein bißchen mögen und würde mich vielleicht bald küssen, wenn ich ihn zur Haustür brachte. Doch das tat er nicht, sondern saß bloß vornübergebeugt im Sessel und quasselte pausenlos.
»Nein, er ist das klassische Beispiel eines Menschen,

der seine gesamten kreativen Kräfte nur darauf verwendet, andere zu quälen. Schuld daran ist das System – es macht nicht nur Sklaven aus der einen Hälfte, sondern auch Gefängniswärter aus der anderen. Nehmen wir bloß mal die Sache mit dem Trinken zur Mittagszeit. Er will uns den ganzen Tag lang kontrollieren.«

Ich fragte mich, ob er wohl bemerkt hatte, daß ich mich mittlerweile schminkte, meine Augenbrauen zu einem dünnen Strich zupfte und mir dreihundert verschiedene Strumpfhosen von der Sorte gekauft hatte, für die sie in der Glotze werben und die ein Vermögen kosten, doch er verlor nicht ein Wort darüber.

»Verwendest du ihn in einem deiner Stücke?« fragte ich.

»Mr. G? Ich überlege noch.«

Ich fragte ihn, worum es in dem Stück ging, aber er sagte, man müsse extrem vorsichtig sein beim Stükkeschreiben, da man furchtbar viel Zeit vergeuden könne, wenn man das falsche Thema wähle und über die falschen Dinge schreibe – oder man habe das richtige Thema erwischt, gehe es aber falsch an. Was genauso schlimm sei, sagte er. Darum verfasse er im Moment lediglich Artikel, die sie manchmal druckten und manchmal nicht, und ansonsten konzentriere er sich darauf, Kontakte zu knüpfen.

Etwa zehn Minuten bevor meine Eltern zurückerwartet wurden, machte er sich immer auf den Weg, weil seine Vermieterin mit dem Abendessen auf ihn wartete. Er zog seinen Regenmantel über den Büro-Anzug: Es komme darauf an, sagte er, ein Rebell in-

nerhalb des Systems zu sein. Man müsse seinen Arbeitsplatz behalten, weil man Geld brauche, und seine Arbeit tun, bedeute alle möglichen Sklaventätigkeiten zu verrichten, doch die dürfe man im Innersten seines Herzens nicht akzeptieren. Man müsse sich selbst absolut treu bleiben.
Als er an der Tür, die ich offenhielt, ganz dicht an mir vorbei mußte, dachte ich schon, jetzt würde er mich küssen. Doch das tat er nicht.
»Du wirst dich noch mal umbringen, bei deiner Fahrweise«, sagte ich.
Er grinste. Beim Grinsen konnte man seine großen, weißen scharfen Zähne sehen, und in seinen immer noch jungenhaften Wangen bildeten sich Grübchen.
»Vielleicht könnten wir irgendwann abends mal zusammen essen gehen«, schlug ich vor; er sagte ja und machte, daß er wegkam.
Bevor er ins Auto stieg, machte er immer diesen albernen armeemäßigen Salut in meine Richtung, als tippe er an eine gar nicht vorhandene Mütze.

»Wenn du dich derart langweilst, mußt du dir eben einen Freund zulegen«, sagte Jackie.
»Daß ich mich langweile, hab ich nie behauptet. Außerdem habe ich einen Freund.«
»Hast du nicht. Du nicht.«
»Und ob. Zwei sogar.«
»Sieh mal an, auf einmal hat sie zwei! Dann erzähl mir doch mal was über die beiden.«

»Einer ist Schriftsteller«, sagte ich, und sie sagte: »Nur weiter!«
Es war zur Mittagszeit in einem Pub, und die Lage sah so aus: Wir, die Tippsen, versammelten uns in einer Ecke, und sie, die Schlipse, alle in der anderen; ganz gleich, wie kumpelhaft sie im Büro taten, im Pub saßen wir immer getrennt voneinander, zwischen uns eine große Rauchwolke, Stimmen- und Geschirrgeklapper, es war nämlich einer dieser großen irischen Pubs in West-London, wo sie Tag für Tag tonnenweise Shepherd's Pie auftischen und gemein aussehende Würste, die aus ihren Häuten platzen – Jackie nennt sie »frisch beschnitten«. Während ich sprach, sah ich Roger in ihrer Gruppe sitzen, neben Yvonne und ihren schwarzen Netzstrümpfen.
»Ist er *wirklich*, wenn ich's dir doch sage.«
»Wie ist er denn so?«
»In Ordnung.«
»Wart ihr schon zusammen im Bett?«
»Geht dich nichts an.«
»Dann ist er also noch kein echter Freund?«
»Für mich ist er echt genug.«
»Würde mich nicht wundern, wenn Yvonne und Mr. G es nach Dienstschluß auf dem Teppich trieben. Weich genug ist er ja.«
»Männer mit Bart sind nicht mein Fall«, sagte ich, und Jackie lachte, das heißt, sie kicherte wie üblich mit wogenden Brüsten, und sagte, über ihre Bärte solle ich mir mal keine Gedanken machen, die seien noch das Geringste! Und ich wurde so rot wie Rote Beete, wie ein Trottel, wie immer in solchen Fällen.

In der Wartezeit darauf, daß Roger mich küßte, muß ich mich wohl in ihn verliebt haben. Ich hatte weder direkt an den Beischlaf gedacht, noch daran, was er wohl in der Hose hatte, oder ob er mich heiraten würde oder solche Sachen: Ich wartete nur auf einen Kuß, auf irgendein Zeichen, daß er mich mochte, daß ein anderer als Malcolm mir ein wenig den Hof machte, ein intelligenter und sensibler Mann wie Roger, kein Schwein wie Mr. G oder Jonathan, die dir schon die Höschen auszogen, bevor sie auch nur deine Augenfarbe registriert hatten. Während ich auf seinen Kuß wartete und er immer weiter redete, beobachtete ich ihn so genau wie möglich, um herauszufinden, ob er mich überhaupt bemerkte, und dabei prägte ich mir die kräftigen beweglichen Linien in seinem Gesicht ein, die engstehenden hellblauen Augen, die gerade, ein wenig zu breite Nase und den Mund, der sich pausenlos bewegte und bewegte und bewegte, mit seiner dicken, festen Unterlippe und einer schmalen blassen Oberlippe und zwei nicht ganz geraden Vorderzähnen. Von diesen Zähnen träumte ich.

Auch seine Gesten prägte ich mir ein. Beim Sprechen fuhr er sich mit der rechten Hand in die Haare, ließ sie eine Zeitlang dort liegen und griff sich dann eine Handvoll Haare, die in einem großen blonden Büschel senkrecht stehenblieben, wenn er die Hand wieder wegnahm, so daß er wie ein Schulbub aussah. Wenn er am Tisch saß, tat er noch etwas, er legte nämlich das Kinn in seine Handfläche, während der Ellenbogen auf dem Tisch ruhte, steckte seine Finger

in den Mund und kratzte leicht an den ungleichen Zähnen.
Diese Gesten gefielen mir. Mir gefiel, wie er anscheinend so in seinen eigenen Worten aufging, daß er nicht bemerkte, was er mit den Händen tat. Unsicher schien er überhaupt nicht zu sein. Auch schien er das Zimmer kaum wahrzunehmen, in dem wir uns befanden, jedenfalls ließ er nie eine Bemerkung über die Unmengen von Glasfiguren fallen, mit denen meine Mutter jede horizontale Fläche bedeckt hatte, so daß Staubwischen zu einer Art lebenslänglicher Zwangsarbeit geworden war, da man sie Stück für Stück hochheben, abwischen und danach genug Platz finden mußte, um sie alle wieder hinzustellen. Manchmal denke ich, bei ihren ganzen Macken bräuchte meine Mutter einen Psychiater, schon allein wie sie sagt, sie geht zu einem Schwätzchen mit Brian nach oben, und dann sitzt sie stundenlang in seinem Zimmer und weint und lacht – bloß daß sie jetzt wahrscheinlich mich zu einem Psychiater schicken, dabei bin ich kerngesund, das weiß ich genau.
Bevor es passiert ist, sagte er: »Du bist krank, keine Frage. Du bist krank, so wie du alles in dich hineinfrißt, so wie du nie nie nie etwas hinnimmst. Du bist krank, weil du deine aus der Schundliteratur stammenden Erwartungen nicht der Welt, wie sie ist, anpassen kannst; und auch nicht mir, wie ich bin. Und wegen dieser Krankheit verzehrst du dich vor Gram, und allen anderen saugst du das Blut aus.«
Und ich erwiderte: »Aber ich liebe dich, Roger. Das weißt du doch. Wie kannst du behaupten...«

»Du liebst ein Wunschbild von mir«, sagte er, »nicht mich, wie ich wirklich bin. Du liebst nicht den Roger, der sich wehrt, der kämpft und verwegen ist. Deine Liebe ist nicht tapfer. Du willst mich als Versager, und bleich wie eine Statue, auf herkömmliche Weise für immer an deiner Seite verharrend.«
»Wir sind hier in keinem Theaterstück, Roger«, sagte ich. »Du brauchst nicht so eloquent zu sein.« Doch da fing er an zu brüllen, es ginge ja schon wieder los, schon wieder, immer wolle ich ihn auf mein Niveau runterziehen, und er fing an, gleichzeitig zu lachen und zu brüllen, fast wie besessen, und sagte: »Abwärts, Madame, dritter Stock, zweiter, erster, Erdgeschoß. O bitte vielmals um Verzeihung, gnä' Frau wollten ja ins Untergeschoß, nicht wahr? Da wären wir also, im Untergeschoß, Plastikblumen, Liebesromane, alle garantiert über 600 Seiten, der allerstürmischste Palast, Videos von der königlichen Hochzeit, aufblasbare Ehemänner, die Sie mit in die Kirche nehmen können.«
Während unserer letzten gemeinsamen Augenblicke weinte der Kleine unaufhörlich, und keiner von uns machte Anstalten, ihn zu trösten, doch sein wildes, ungehemmtes Schreien schien das Zimmer so auszufüllen, daß wir uns immer mehr in eine Ecke quetschten, ohne Entkommen.
Dann fing ich auch an zu weinen.
»Ich liebe dich doch, wie du bist, Roger. Ich liebe dich durch und durch. Ich bin es nur leid, nicht zu wissen, was morgen sein wird, wie ich zurechtkommen soll.«

»Bei mir wirst du nie genau wissen, was morgen sein wird«, sagte er. »Nie, nie, niemals. Ich bin nämlich keine Statue, sondern lebendig. Begriffen? Lebendig. Und das heißt, ich lasse mich nicht an Wände heften. Kapierst du das? Aus mir wird man nicht schlau.«
Wir beide saßen da, fertig angezogen fürs Büro, die Uhr tickte und tickte, das Baby schrie und schrie, und es war fast an der Zeit zu gehen.
»Dann hau doch ab«, sagte ich. »Hau ab, ich will dich nicht wiedersehen. Ich will dich nie wieder berühren oder je wieder etwas mit dir zu tun haben. Pack deinen Kram und verschwinde.«
»Nein«, sagte er. »Das ist dumm.« Dann fuhr er fort: »Nach ein paar Tagen würdest du sowieso heulend zu mir gerannt kommen, wie gehabt.«
Und er hatte recht.
Er saß an unserem Frühstückstisch, die eine Hand in den Haaren verwurstelt, in der anderen drehte er mit den Fingern das Brotmesser herum. Wo er auch saß, schien Roger immer mit dem nächstbesten Gegenstand zu spielen. Hinter ihm lag der neue blaue Läufer, den ich gekauft hatte, um in der Ecke die Fußbodendielen abzudecken, und auf dem Fernseher stand die mit einer orangenen Flüssigkeit gefüllte Lampe, in der ununterbrochen Blasen aufstiegen.
Ich weinte, war wütend und richtig fix und fertig, stand auf, stolperte um den Tisch herum und nahm ihm das Messer aus der Hand, das nun auf ihn zeigte, auf seinen Brustkorb.
»Dann bringe ich dich eben um«, sagte ich, ohne es ernst zu meinen.

Und er erwiderte: »Oh, dazu würde ich aber nicht das Messer nehmen, Schätzchen.«
Er schaute mir in die Augen, und seine lachten. Unsere Streitereien schienen ihn überhaupt nicht mehr zu berühren . »Für das Messer bist du nicht stark genug. Ich würde an deiner Stelle das Gewehr nehmen.« Er hat nämlich ein Gewehr, Roger. Das hatte er mir einmal gezeigt, und offenbar hatte er mit sich selbst einen Pakt geschlossen, der besagte, daß er Selbstmord begehen würde, sobald er ganz sicher war, im Leben versagt zu haben; indem er sich den Lauf in den Mund schob. So dumm konnte er sein, wenn es um seinen Ehrgeiz und solche Dinge ging.
Er sah mir in die Augen, und dann sah er wieder weg, um die Krumen vom Frühstücksteller aufzusammeln, als verdiente ich keinen weiteren Moment seiner Aufmerksamkeit.
Also tötete ich ihn.
Ich wußte nicht, daß ich ihn tötete. Ich stieß das Messer einfach so stark ich konnte in sein weißes Hemd und ließ es sofort wieder los, sogar noch ehe das Blut geflossen kam. Ich ging um ihn herum, hob Bobby aus seinem Kinderbett und trug ihn durch die Hintertür in den Garten, wo ich ihn hin- und herwiegte, damit er still wurde. Ich muß Augen, Ohren und Herz für Roger geschlossen haben, weil ich nur noch Bobbys rundes Gesichtchen sah, zu jung, um dem eines anderen Menschen zu ähneln, und nur noch sein Geschrei, Gejammer und Plärren hörte, während er ruhiger wurde, und von Roger sah und hörte ich gar nichts mehr.

Doch wenn ich jetzt darüber nachdenke, kommt es mir vor, als sei dieser Stich mit dem Messer das einzige gewesen, was ich im Leben je wirklich und wahrhaftig getan habe; das einzige, was wirklich eine Handlung in dem Sinne war, wie Roger über dramatische Handlungen zu sprechen pflegte, die so wichtig seien und anders als die alltäglichen Dinge, die man tat.
Vielleicht, weil es die einzige Handlung war, die ich mir nicht einmal im Traum zugetraut hätte.

Mr. G hatte aus dem Nichts die Firma aufgebaut, die ihm zu hundert Prozent gehörte und in die er Tag und Nacht seine ganze Energie steckte. Er war ein schlaksiger Mann mit einem dichten roten Bart, über den er sich immerzu strich, und trotz seiner Familie und seiner Frau, einer sympathischen, freundlichen und überhaupt nicht häßlichen Schottin, gab es die »Firmentradition«, daß er mit einem Mädchen aus dem Büro ein Verhältnis hatte. Früher hatte dieses Verhältnis wohl immer zu seiner persönlichen Assistentin bestanden, doch kurz nachdem ich meine Stellung antrat, hatte Mr. Buckley Mr. G empfohlen, keine neuen persönlichen Assistentinnen mehr einzustellen, da es immer recht schwierig war, sie nach dem Ende der Affäre rauszuschmeißen. Mr. Buckley war von irgendeiner hochgestochenen Stelle des öffentlichen Dienstes abgeworben worden, damit die Firma intellektuell ein bißchen aufpoliert wurde, Mr. G hatte nämlich keine sehr hohe Meinung von Salvatore, der vor über fünfzehn Jahren sein allererster Angestellter gewesen war. Jedenfalls sagte Mr. Buckley, es sei besser, den Job einer persönlichen Assistentin des Chefs ganz abzuschaffen, und Mr. G solle sich seine Affären außerhalb der Firma suchen; falls Schreibarbeiten zu erledigen waren, könne er seine Briefe ja uns Mädchen in der Schreibzentrale geben, und wenn irgendwas geregelt werden müsse, solle er einen der Angestellten bitten. Mr. G erklärte sich einverstanden, da es eine schlimme Szene gegeben hatte, als Muriel, das letzte Mädchen, gegangen war; sie war durch alle Zimmer gerannt, hatte unflätige Beschimpfungen ausgestoßen und ihr Kleid von der linken Schulter gezogen, damit jeder einen blauen Flekken sehen konnte, der, wie sie sagte, von Mr. G stamme – er sei ein dreckiges, gewalttätiges und ekelhaftes Schwein, schrie sie, und sie würde verdammt noch mal dafür sorgen, daß die Welt es erfuhr. Anschließend mußte Mr. Buckley über eine Stunde herumtelefonieren, damit die Angelegenheit nicht in den Lokalzeitungen auftauchte, und versprechen, daß PP im nächsten halben Jahr für über tausend Pfund Zeitungsanzeigen in Auftrag geben würde, was verrückt war, da so gut wie alle Firmenkunden von auswärts kamen.

Daher verzichtete Mr. G auf eine PA, und in dem nun folgenden Zeitraum ließ er, wenn er einen Brief schreiben wollte, eins von uns Mädchen kommen, ging in seinem Büro auf und ab, strich sich über den Bart, diktierte, entschied sich anders, fing wieder von vorn an, beschloß schließlich, doch keinen Brief zu schreiben und erzählte einem dann allerlei private Dinge, die man überhaupt nicht hören wollte, sprach über die Firmenphilosophie, daß die Arbeit für PP nicht bloß irgendein Job, sondern ein Lebensstil sei, so als sei man ein Familienmitglied, und wenn wir das nicht so sähen, könnten wir genausogut unseren Kram packen und sofort verschwinden.

Gern war er spendabel, dann sagte er Nadia, dem Mädchen am Empfang, sie solle mal kurz über die Straße laufen und Kaffee und Plunderstückchen holen, so daß die Telefonzentrale für fünf Minuten blockiert war und im ersten Stock alle vielsagend nickten und sagten, soso, Mr. G amüsiert sich wieder mit einer Sekretärin, und Mr. Buckley setzte seine entnervte Expertenmiene auf und brütete über dem Auftragsbuch. Die Sache war natürlich die, daß Mr. G außerhalb der Firma gar keine Affären haben konnte, weil er sein ganzes Leben in der Firma zubrachte, und ohnehin war das der halbe Spaß, wenn man für ihn arbeitete. Anscheinend verstand das jeder sehr gut, nur Mr. Buckley nicht.

Eine Zeitlang lud er also uns Sekretärinnen der Reihe nach zu sich ein, danach die Mädchen aus dem Verkauf, schließlich verlangte man von ihnen Kenntnisse in Steno und Maschineschreiben, und dann nahmen wir seine Briefe auf, hörten ihm zu, sträubten uns über Kaffee und Plundergebäck, so gut es ging, und weigerten uns, ihn nach der Arbeit auf einen Drink in seinen Club nach Notting Hill Gate zu begleiten.

»Die Arbeit muß ein integraler Bestandteil Ihrer Le-

bensphilosophie sein«, teilte er mir mitten in einem Diktat über irgendwelche Kataloge für Handelsmessen mit. »Schließlich sind Sie wohl nicht verheiratet, ja nicht einmal verliebt, vermute ich«, und dabei lächelte er mich überaus breit und recht verschmitzt an. Er war kein unangenehmer Mensch, nur manchmal ein bißchen unheimlich, wenn man nicht in Stimmung war. Das hing mit seiner Schlaksigkeit und seinem Lächeln zusammen, mit den buschigen Augenbrauen und damit, wie er sich immerzu – und gelegentlich recht heftig – im Bart herumwühlte.
»Nein«, sagte ich.
»Sind Sie denn religiös?«
Ich sagte jein, aber nicht richtig.
Was ich denn, um alles in der Welt, mit meinem Leben anfangen wolle, fragte er gebieterisch.
Ich zögerte. Bei Mr. G hatte man manchmal das Gefühl, in einer wichtigen Prüfung zu versagen, und wenn man nicht ein bißchen besser abschnitt, würde er einen schlagen oder vergewaltigen oder so ähnlich.
»Ich weiß nicht«, antwortete ich mit heiserer Stimme. »Aber andererseits sehe ich wirklich nicht ein, warum man das wissen muß – was man mit seinem Leben anfangen will, meine ich«, und ohne daß ich es damals ahnte, sollte dies die Standardantwort sein, die ich Roger gab, wenn er darauf bestand, ich solle etwas mit mir, mit meiner Freizeit tun, etwas Positives, oder wenn er sagte, ich solle mir eine andere Arbeit suchen, mich umschulen lassen, Karriere machen, weil ich mir seiner Meinung nach mein ganzes Leben lang nur zu bereitwillig vorgaukeln würde, ich

sei in einem Liebesroman, mir den ersten Mann, der sich darauf einließ, krallen, mich schwängern lassen, und mich an der Spüle häuslich niederlassen würde, um Windeln zu waschen und so weiter. Ich mußte lachen, weil er in den ersten Monaten solche Dinge überhaupt nicht gehässig sagte, und erwiderte, Windeln wasche man nicht in der Spüle, genaugenommen wasche man sie heutzutage gar nicht mehr, außerdem sei mir nicht klar, weshalb man genau wissen müsse, was man mit seinem Leben anfangen wolle und warum. Eine Welt, in der jeder rumlief und genau wüßte, was er mit seinem Leben anfangen wollte, wäre doch entsetzlich. Ob er sich das vorstellen könne? »Aber ja, das will ich mit meinem Leben anfangen. Ach, tatsächlich? Nein, ich persönlich möchte jenes mit meinem Leben anfangen, müssen Sie wissen.« Ich für meinen Teil, sagte ich, sei schon ganz froh, einfach nur da zu sein und meinen Spaß zu haben, so gut es ging.

Das Dumme daran war nur, daß es zwar mehr oder weniger meine Meinung war, als ich es das erstemal zu Mr. G sagte, aber später ganz und gar nicht mehr, als ich es Roger sagte. Als ich es zu Roger sagte, wußte ich nämlich sehr genau, was ich mit meinem Leben anfangen wollte. Ihn wollte ich.

»Dann halten Sie es also nicht für wichtig, zu wissen, was man mit seinem Leben anfängt, wie?« sagte Mr. G, was ich verneinte, und kurz darauf lachte er, kraulte seinen Bart und sagte, nun ja, vielleicht hätte ich recht, letztendlich seien wir vielleicht doch nur Elementarwesen, wen interessiere das überhaupt,

und dann patschte er mir mit seiner großen Hand zart aufs Knie.
Darauf folgte eine sehr kurze Pause, bis ich sagte: »Wir waren stehengeblieben bei: ›Lieferung erfolgt wie vereinbart innerhalb von zehn Arbeitstagen nach Bestätigung Ihrer Lieferung...‹«
Mr. G und das Büro erwähne ich, weil es so aussieht, als ob alles, was zwischen Roger und mir passierte, sozusagen wegen des Büros passierte oder wenigstens etwas damit zu tun hatte. Als Paar trafen wir uns natürlich nur außerhalb des Büros, aber über PP redeten wir dauernd, und manchmal glaube ich, hätten wir nicht im selben Betrieb gearbeitet und die gleichen Gesprächsthemen gehabt, wären zwei Menschen wie Roger und ich womöglich gar nicht zusammengekommen, einfach weil uns der gemeinsame Gesprächsstoff gefehlt hätte.
Roger steckte nicht nur bis über beide Ohren in seinen Stücken, Artikeln und Ambitionen, ihm wäre auch nie eingefallen, dir Fragen über dein Privatleben zu stellen, um dich aus der Reserve zu locken. Doch von dem Zeitpunkt an, als er den festen Entschluß faßte, er könne genausogut ein Stück über unser Büro schreiben, wenn er ohnehin den größten Teil des Tages dort zubringen mußte, hatten wir immer haufenweise Gesprächsstoff, weil er ständig wissen wollte, was zwischen dem und jenem vorgefallen war, und was meiner Meinung nach wirklich zwischen diesen beiden und jenen beiden lief, und wir hatten Spaß daran, in der Horn Lane im Wohnzimmer sitzend darüber zu reden, wie lange es wohl dauern mochte,

bis Mr. Buckleys kluge Ratschläge Mr. G auf die Nerven gingen und er zu seinen früheren unbekümmerten Gewohnheiten eines alten Selfmademans zurückfand; und ob Salvatore vielleicht kündigen und eine ähnliche eigene Firma gründen würde, schließlich lastete offensichtlich die ganze Verkaufsabteilung auf seinen Schultern, und er war der einzige, der mit allen Kunden gut zurechtkam.
Daher unterhielten wir uns das erste Mal über Sex, als Mr. G nicht mehr eine Sekretärin nach der anderen in sein Büro kommen ließ, sondern sich ausschließlich auf Yvonne konzentrierte, mit ihren schwarzen Strümpfen, dem langen Hals und der Sorte BHs und Blusen, unter denen sich die Brustwarzen abzeichnen.
»Schrecklich ordinärer Geschmack«, meinte Roger. Wir steckten vor den Ampeln an der Askew Road in einem Stau.
»Man könnte sie nicht mal in einem Stück unterbringen, so dick trägt sie auf. Keiner würde lachen.«
»Müssen die Leute denn lachen?« fragte ich.
Er betrachtete die Autos und kratzte an seinen Zähnen.
»Und außerdem legt sie's so deutlich drauf an, daß es schon richtig peinlich ist.«
»Aber gut sieht sie aus, figurmäßig. Besser als ich.«
Er starrte aus der dreckigen Windschutzscheibe. »Nein, der Knackpunkt ist, daß er weiß, wenn er ein Mädchen wie Yvonne loswerden will, dann geht das problemlos. Sie verliebt sich nicht gleich in ihn, bloß weil er mal mit ihr im Bett war, Gefühlsausbrüche

wird sie auch keine kriegen, höchstens mal zickig sein.«

»Warum nicht?«

»Das sieht man doch, sie ist viel zu sehr in sich selbst verliebt, um sich auf einen anderen einzulassen. Wie alle, die so rumlaufen. Wenn sie's miteinander treiben, dann ist es nichts, was beide gemeinsam tun, sondern etwas, was sie zufällig zusammen tun, wenn du weißt, was ich meine.«

Darauf sagte ich: »Warst du schon mit vielen im Bett, Roger?« und fragte mich, ob es mir gelungen war, das leichte Zittern in meinem Hals aus meiner Stimme zu verbannen. Aber er lachte bloß, als hätte er mich nicht gehört, und sagte, aus eben diesem Grund hätte sich Mr. G gar nicht erst mit mir abgegeben, weil er nämlich von Anfang an gemerkt hätte, daß ich es viel zu ernst nähme, viel gefährlicher als Yvonne sei; und ich wußte nicht, ob das als Kompliment gemeint war oder nicht.

Ich glaube, bestimmt will sich jedes Mädchen um die zwanzig verlieben, und bestimmt auch jeder Junge, und bei mir lag das weder nur daran, daß mich die vielen Liebesromane und das Fernsehen beeinflußt hatten, noch daran, daß damals mein Leben so trist war. Nein, bei mir lag es einfach daran, daß Roger sehr gut aussah (alle im Büro fanden ihn attraktiv), und außerdem wohl irgendeine besondere Ausstrahlung hatte, die anziehend auf mich wirkte. Er war gutaussehend, intelligent, hatte interessante Ambitionen, und ich dachte, auf so einen Mann könnte ich stolz sein und mit ihm irgendwie aus dem Trott ausscheren, der einen dahin brachte, wo meine Eltern gelandet waren: mit ihren Glasfiguren und dem Fernseher eingemauert wie Pharaonen in ihrer Grabstätte, bereit für die Reise in die nächste Welt. Aber vielleicht spielte da noch etwas anderes mit hinein, meine große Liebesfähigkeit nämlich, dieses mächtige Wärmegefühl, das mich manchmal umgibt, so daß ich am liebsten heulen würde; diese Wärme empfand ich auch für Roger mit seinen nervösen Gesten und seiner Angst, in einem Beruf zu stecken, den er nicht ausüben wollte, mit seiner Sehnsucht, es zu schaffen, das Leben nicht durch die Finger rinnen zu lassen, mit seinem Ungestüm, wenn er mit blitzenden Augen auf mich einredete und Dinge sagte, die ich nicht unbedingt verstand. Ich liebte ihn und mußte daran denken, daß ich schon zwanzig war, fast einundzwanzig, und noch nie zuvor verliebt gewesen oder mit jemandem im Bett gewesen war, nicht mal mit Malcolm, der immer so tat, als sei unsere Heirat beschlossene Sache, und als bliebe nur noch zu klären, wohin unsere Hochzeitsreise gehen sollte, runter an die Küste von Cornwall zum Barscheangeln, oder rauf nach Schottland, wo er den Ben Nevis besteigen konnte; Roger liebte ich, ihn wollte ich unbedingt haben, ihn nur in die Arme schließen und drücken – und heute noch, nachdem all das geschehen ist, kommt es mir immer noch ganz natürlich vor.

Wenn er mich abends nach Hause fuhr, funktionierte das folgendermaßen: Ich beendete meine Arbeit gegen dreiviertel fünf und ging zum Ausstempeln nach unten. Das Schriftsatzbüro lag im Erdgeschoß, und sein Schreibtisch stand gegenüber der Uhr, so daß er mich durch die Glastür beim Stempeln beobachten konnte. War er nicht da, ging ich hinein und wechselte mit einem der Setzer ein paar Worte, bis Roger kam, mich sah und wußte, ich machte mich auf dem Weg. Dann verließ ich das Haus, überquerte die Straße und ging zu meiner Bushaltestelle, und etwa zehn Minuten später kam er in seinem Wagen angefahren und nahm mich mit. Das war von uns nie geplant oder abgesprochen worden, und als er mich das allererste Mal an der Haltestelle sah und meinetwegen anhielt, geschah das bestimmt eher zufällig. Aber nach einer Weile wußten wir beide, daß es eine Übereinkunft war.

Ich sah ihm vom Beifahrersitz aus beim Fahren zu, und er fuhr tatsächlich mit dem gleichen nervösen Ungestüm, mit dem er auch redete und einem von der Arbeit erzählte, von Büchern, vom Leben und wie schwierig es sei, irgend etwas Ernstzunehmendes zu vollbringen und trotzdem Geld genug zu haben, um dabei ein erträgliches Leben führen zu können – er wollte nämlich kein Bohemien oder so was sein. Er fuhr schnell, die linke Hand wechselte vom Schaltknüppel zum Steuer und wieder zurück, und bei jeder Schlange vor einer Ampel schlich er sich innen oder außen an den anderen Fahrzeugen vorbei und versuchte, allen anderen ein Schnippchen zu schlagen,

und wenn ihm das mißlang, fluchte er und erklärte, London sei unmöglich, und die Zeit, die man verschwendete, um von A nach B oder auch nur von A nach A⁺ zu gelangen, sei ein Verbrechen an der Zivilisation, weil das Leben viel zu kostbar sei, um es in einem Verkehrsstau zu verbringen, so wie es auch zu kurz sei, um die Hälfte davon am Telefonhörer bei Gesprächen über die Anzahl von »M«s in irgendwelchen Unterlagen über vulkanisiertes Gummi zu vergeuden oder darüber, ob Baskerville kursiv überzeugender wäre als halbfetter Imperialdruck, wenn es darum ging, Intimsprays zu verkaufen.
Ich kicherte und sagte: »Ach Roger, warum nimmst du das Leben nicht, wie es ist? Nur die Ruhe!«
Doch er sagte, das Leben sei nicht dazu da, daß man es nehme, wie es eben sei, sondern dazu, daß man es dorthin bringe, wo man es haben wolle, bis zum Äußersten.
Ganz egal, wohin er unterwegs war, er hatte es immer furchtbar eilig, und der Zeit, die er auf dem Weg von einem Ort zum anderen verbrachte, trauerte er nach, als handle es sich um sein eigenes Blut, das man ihm ausgesaugt hätte. »Nur Tieren ist es gleichgültig, wenn die Zeit verrinnt«, sagte er.
Genauso war es auch später, als wir ein Liebespaar wurden. Alles wollte er gleichzeitig tun, arbeiten, ein neues Auto kaufen, schreiben, körperlich fit bleiben, Sex, etwas besonders Gutes im Fernsehen anschauen, alles, und Tag für Tag hetzte er durch die vierundzwanzig Stunden auf der Suche nach freien Augenblicken, in denen er noch etwas unternehmen konn-

te, und sobald er etwas unternahm, hetzte sein Kopf schon wieder zu dem weiter, was er als nächstes unternehmen sollte. Ich weiß noch, wie wir manchmal miteinander geschlafen haben und er geistig meilenweit entfernt zu sein schien, als schreibe er etwas um, das er umschreiben wollte, als lese er etwas, das er lesen mußte, oder als sehe er sich gerade in der BBC das *Theaterstück der Woche* und das *Theaterstück des Monats* an, um nach den ersten zehn Minuten herauszufinden, ob es sich lohnte, das ganze Stück anzusehen. Nichts fand Roger ärgerlicher, als etwas bis zu Ende anzusehen und dann zum Schluß zu kommen, eigentlich hätte er schon nach zehn Minuten abdrehen können. So was machte ihn stinkwütend.
Wenn nur Tieren die Zeit gleichgültig ist, sagte ich, dann sind sie vielleicht die einzigen richtig glücklichen Lebewesen. Doch er lachte nur und sagte, Glück gehöre nicht zu den Dingen, die ihn besonders interessierten.

Ich war in Roger verliebt, ging nicht mehr in den kirchlichen Jugendclub und teilte Malcolm mit, er solle mich nicht mehr besuchen. Meine Mutter traf das, glaube ich, schwerer als ihn, weil er nämlich ihr gegenüber sehr verständnisvoll war und einer der wenigen, der sich ihre Geschichten von Séancen anhörte und ihre Behauptung, Brian könne sie hören, wenn sie mit ihm sprach; in Wirklichkeit hatte Brian ihr nicht mal zugehört, als er noch am Leben war.
Mein Vater sagte, mit Malcolm sei ich doch ganz gut gefahren. Er habe nie jemand im Grand Union Kanal

» Wenn nur Tieren …

… die Zeit gleichgültig ist, dann sind sie vielleicht die einzigen richtig glücklichen Lebewesen.«

Kann sein. Aber zumindest kann der Mensch die Zeit nutzen, um zufriedener zu werden. Indem er sie für sich und sein Vermögen arbeiten läßt.

mehr Fische fangen sehen als Malcolm, und wenn sie bloß eßbar wären und ihnen nicht das Öl praktisch aus den Augen quölle, hätte er das beruflich machen und ein Vermögen verdienen können.
Aber im Grunde genommen war es meinem Vater eigentlich herzlich egal, was ich tat oder ließ. Er war nie so richtig dazu gekommen, sich um mich zu kümmern, weil er zu sehr damit beschäftigt gewesen war, Brian abgöttisch zu lieben, und nach dessen Tod gelang es ihm nicht, die Zuneigung auf einen anderen zu übertragen, mich als eine Art Ersatz zu nehmen. Manchmal versuchte er es zwar, schaffte es aber nicht. Es war, als sei sein ganzes Interesse am Leben von ihm gewichen.
Malcolm persönlich nahm die ganze Sache sehr steif auf und behauptete, er verstehe schon (obwohl ich überhaupt nichts erklärt hatte), und ich müsse tun, was ich für richtig halte, allerdings sei er sicher, daß ich zu ihm zurückkehren werde, und dann drückte er mir mit spitzen Lippen einen Abschiedskuß auf die Wange.

Ich war in Roger verliebt. Überall sah ich ihn. Auf der Straße sah ich mich nach jedem blonden Mann um, ob es vielleicht Roger war. Ich träumte von seiner leisen, ernsten, leicht mittelenglisch gefärbten Stimme und spürte, wie er mich berührte, wenn er mich das erste Mal küssen würde. Er mußte mich küssen! Wenn Zeit für ihn so kostbar war und er dennoch einen Kilometer Umweg in Kauf nahm, um mich nach Hause zu bringen, und außerdem ein- bis zweimal die Woche zwanzig Minuten mit mir beim Tee zu sitzen, dann würde er mich doch bestimmt irgendwann küssen, und dann würden wir ausgehen und irgendwo zusammen tanzen.

Nachdem ich Mum bei ihrem Samstagmorgeneinkauf geholfen hatte, ging ich nach oben in Brians Zimmer, zwängte mich auf das Fenstersims und sah zu, wie in der Horn Lane die Regenschirme vorbeiflogen. Ich dachte mir Fingerzeige aus, um ihn anzuspornen, da ich mir vorstellen konnte, daß Roger trotz all seiner Hektik, Eile, Dynamik und trotz seines ernsten Wesens Frauen gegenüber vielleicht ein wenig schüchtern war, möglicherweise noch nie eine Freundin gehabt hatte, wo er doch schließlich dauernd so viele andere Dinge erledigen mußte.

Millionen und Abermillionen Dinge gingen mir durch den Kopf: Küsse im Auto, Küsse im Kino, Jakkies Gesicht, wenn ich ihr erzählte, daß ich den flotten Mr. Cruikshank heiraten und das Büro *tout de suite* verlassen werde, weil wir eine Wohnung in der Nähe der BBC kauften, die Rogers neues Stück angenommen hatte. Millionen Dinge.

Wie ich vorhin bereits erwähnte, war Brians Zimmer noch genau so wie an seinem Todestag, das heißt die Wände tapeziert mit Fotos von Rugbymannschaften, außerdem hingen da zwei Poster von Marilyn Monroe und eins von einem Ferrari-Rennwagen. Sogar die *Playboys* und *Penthouses* lagen noch an ihrem Platz und wurden von meiner Mutter so respektvoll wie alles andere abgestaubt, so daß Brians Zimmer bei weitem das sauberste im ganzen Haus war.

Manchmal kramte ich aus Neugier die *Playboys* heraus, sperrte die Augen auf und las die Bildunterschriften. Ob Roger mich so sah? Sah ich mich selbst so? War ich eifersüchtig? Sollte ich dafür *sorgen*, daß Roger mich so sah? Ich dachte an Brian, wie er seine Freundinnen mit nach Hause und nach oben gebracht und die Tür verschlossen hatte, wie er auf eben diesem Bett mit ihnen geschlafen haben mußte. Doch ich hatte es nicht eilig, mit jemandem zu schlafen, ich nicht. Manchmal dachte ich, daß ich gern Kinder haben würde, aber eilig hatte ich es nicht, mit irgendwem ins Bett zu steigen. Wie auch immer, das alles konnte doch nichts mit meiner Liebe zu Roger und mit meinem Warten auf seinen ersten Kuß zu tun haben, der wohl weniger als Kuß wichtig war, sondern als Zeichen, daß er mich wahrgenommen hatte und ich mir keine Sorgen machen mußte.

Aber Roger küßte mich nicht. Statt dessen schleppte er Bücher an, die ich lesen sollte; Pflichtlektüre nannte er sie. Die Sorte Bücher, ohne die man absolut nicht auskommen könne. Eins hatte ein Mensch namens Galbraith geschrieben, ein anderes T. S. Eliot, den ich in der Schule gelesen und nie verstanden hatte. *Vier Quartette* hieß es.

»Na, seit wann bist du denn so eine Leseratte?« wollte meine Mutter wissen, als sie mich in Brians Zimmer an eine regennasse Fensterscheibe gepreßt vorfand.

»Du hast nie gern gelesen«, fuhr sie fort. »Warum kommst du nicht runter und leistest deinem Dad Gesellschaft? Du kannst doch nicht das ganze Wochen-

ende wie eine verlorene Seele hier herumhocken.«
Was bedeutete, daß *sie* genau das vorhatte.
»Außerdem weißt du, daß wir nicht oben und unten heizen können. Du holst dir hier noch den Tod.«
Ich las und las und machte offenbar keinerlei Fortschritte – jedenfalls nicht mit Galbraith, dem ich bis zu einem gewissen Punkt folgen konnte, aber dann ermüdete mich die ganze Sache schrecklich, sie interessierte mich auch nicht besonders, und mit T. S. Eliots Buch konnte ich gar nichts anfangen, einfach weil es völlig unverständlich war – also las ich die von Roger unterstrichenen Teile immer und immer wieder, damit ich sie erwähnen konnte, falls er mir Fragen stellte. Heute kommt mir das albern vor, vor allem weil solche Bücher ja wohl eine Frage der Übung sind, wie bei irgendwelchen Sportarten auch; aber als er mir das erste Mal solche Sachen zum Lesen gab, fürchtete ich, er würde mich nie mehr ernst nehmen, wenn ich mich nicht darüber mit ihm unterhalten konnte. Ich weiß noch, wie ich es eines Abends absichtlich vermied, von ihm mit dem Auto nach Hause gefahren zu werden, weil ich Angst hatte, er würde über diesen ganzen Kram diskutieren wollen und mir dazu nichts einfiele. Hinterher war ich allerdings auf mich selbst wütend, dachte zum Kuckuck mit ihm und seinen blöden Büchern, wartete wie üblich auf ihn und sagte, meiner Meinung nach sei Galbraith in Frauenfragen etwas naiv, und was er über Preiskontrollen schrieb, sei das, was die letzte Labour-Regierung vergeblich versucht habe, oder?
Roger schien nicht mal zuzuhören. Er wollte wissen,

wo ich am Abend zuvor gewesen sei, er habe nämlich eine Viertelstunde lang auf mich gewartet und mich unbedingt treffen wollen, weil er mir einen Hut gekauft habe.

»Einen was?«

»Einen Hut.«

Er hielt an, griff über die Rückenlehne, um im Fond des Wagens ein paar Sachen beiseite zu räumen – die hintere Hälfte von Rogers Wagen war immer ein Chaos, weil er in letzter Minute alles mögliche hineinschmiß, wenn er hektisch von A nach B eilte –, und zum Vorschein kam eine riesige Papiertüte, in der einer dieser großen runden Filzhüte steckte. Wir parkten mitten im Stoßverkehr halb auf dem Bürgersteig einer Hauptverkehrsstraße, und er beugte sich zu mir rüber, drückte mir das Ding auf meine Fönwelle und drehte den Rückspiegel so, daß ich mich – wenigstens zum Teil – sehen konnte, und ich bekam einen Lachanfall vor Erleichterung, nicht über diese Bücher reden zu müssen, beugte mich spontan zu ihm rüber und küßte ihn.

Schließlich küßte ich also ihn zuerst.

Ich solle es aber bloß keinem weitererzählen, sagte er.

»Miss Großstadtpflanze, was«, sagte meine Mutter, »der Regen wird ihn garantiert ruinieren«, und mein Vater sagte, er habe immer geglaubt, diese Dinger wären mitsamt den Schwarzweißfilmen aus der Mode gekommen, und ich solle mein Geld besser zu einer Bausparkasse tragen, bei den heutigen Zinsen. Das war offenbar eine der Lieblingsideen meines Vaters, die er immer auf Gewerkschaftsversammlungen

vortrug, daß man nämlich die Arbeiterklasse mit Bedacht ermuntere, das Geld zum Fenster rauszuschmeißen, damit die Konsumgesellschaft weiter funktioniere, während die Mittelklasse erst investiere und dann zuschlage.
Doch mir gefiel mein Hut. Er saß richtig keck über meinen Augen, die übrigens blau sind, und unterstrich mein hennagefärbtes Haar – außerdem hatte er mich keinen Penny gekostet.
»Zweifellos sehr schick«, sagte Jackie.
»Mein Freund«, sagte ich.
Darauf entgegnete sie: »Dann sorg mal dafür, daß er dir einen Rock kauft, Kleines. Schließlich herrscht bei dir ein leichter Rockmangel, stimmt's oder hab ich recht?«

Als wir das erste Mal miteinander schliefen, hatte das komischerweise mit Mr. G zu tun; und mit Bürointrigen.
Auf einer Handelsmesse in Hammersmith wurden jede Menge Computer gezeigt, und Mr. G wollte wohl unbedingt einen Bürocomputer kaufen, damit er ein paar Bürokräfte freisetzen konnte – am wahrscheinlichsten mich. Er wollte also unbedingt auf diese Messe, allerdings mit jemandem, der über Computer Bescheid wußte. Mr. Buckley kannte sich am besten mit Computern aus, aber Mr. G konnte Mr. Buckley nicht mehr so recht leiden. Er wußte zwar, daß der seine Arbeit gut machte und überaus akribisch war,

konnte ihn aber überhaupt nicht ausstehen und wollte nicht, daß er in der Firma Oberwasser bekam; Mr. G sei nämlich einer der Menschen, sagt Roger, die, wenn sie sich mit anderen umgeben, immer absolut sichergehen, daß die gesamte Autorität bei ihnen verbleibt (übrigens war eine der besten Szenen in Rogers Stück angeblich die, wo die Mr. G-Figur die Mr. Buckley-Figur rausschmeißt, während die persönliche Assistentin – Mr. G's Geliebte – sich weinend und halbnackt im Hintergrund hält). Der einzige andere, der sich mit Computern auskannte, war Roger, er behauptete es wenigstens, um den Nachmittag über rauszukommen; andererseits wußte Roger immer ein bißchen über alles Bescheid, weil er in den Zeitungen keine Seite ausließ und sich an jede Zeile erinnerte, die er las, und an jedes Wort, das er im Fernsehen oder im Radio gehört hatte. Manchmal war es erschreckend, an wieviel er sich erinnern konnte.

Mr. G wollte also Roger mitnehmen. Ehrlich gesagt hatte er Roger ziemlich ins Herz geschlossen, weil er sich so, wie er mal gewesen war, gern in jungen Leuten wiedererkannte, und er spürte nicht nur, daß Roger Elan und Ehrgeiz hatte, sondern ließ ihn auch gelegentlich in sein Büro kommen, um seine Meinung über irgendwas zu erfahren – allerdings behauptete Jackie, das mache er am Anfang mit allen neuen leitenden Angestellten, um die dienstälteren zu brüskieren; das alles gehöre zum alten Teile-und-herrsche-Prinzip, so wie man mit dem Rausschmiß bedroht wurde, wenn man anderen sein Gehalt verriet oder

versuchte, ihres herauszubekommen; genauso wie die Sache mit der Profitteilung, wenn Mr. G gegen Ende des Geschäftsjahrs an die leitenden Angestellten gemäß ihres »persönlichen Beitrags« Geld verteilte; publik zu machen, wieviel man bekam, war auch wieder bei Todesstrafe untersagt. »Dadurch stehen alle auf den Zehenspitzen, wenn sie versuchen, ihm in den Arsch zu kriechen«, sagte Jackie. »Nicht daß sie uns Sekretärinnen was geben, ganz gleich wie unser ›Beitrag‹ aussieht«, und sie kicherte. Roger schlug vor, wenn sie sich schon Textverarbeitungscomputer ansähen, sollten sie eine Schreibkraft mitnehmen, die sich dazu äußern könne, wie sich die Tastatur anfühlte, und prompt lud Mr. G Yvonne ein, die aufs Klo ging, um sich zu schminken. Als Salvatore, der beim Empfang mit einem Kunden gesprochen hatte, zurückkam und fragte, wo Yvonne sei, und Sally es ihm sagte, geriet er sich mit Mr. G in die Haare, weil sie im Verkauf bis über beide Ohren in Arbeit steckten, bis über beide verfluchten Ohren, und ausgerechnet den Zeitpunkt müsse Mr. G sich aussuchen, um seine Geliebte auf eine dieser dämlichen Messen zu schleppen, wegen irgendeinem Stück Schrott, das keiner brauche und das am Ende bloß wieder ein neues Spielzeug für Mr. G wäre, genau wie die Maschine für die Buchhaltung zur Aufstellung der Lohnliste, die nie ordentlich funktioniert habe.
Salvatore war der Typ, der sich so etwas erlauben konnte, ohne gefeuert zu werden. Er hatte dunkle Haare und sah geschniegelt aus, mit einem leichten Glatzeansatz über seiner hohen, braunglänzenden

Stirn und kleinen stechenden Augen. Er kleidete sich schrecklich elegant – jedenfalls hielt er es für elegant – in so leichten Anzügen, pinkfarbene oder grüne Hemden mit Manschettenknöpfen darunter. Er hatte die Angewohnheit, seine Unterarme so zu schütteln, daß die Manschettenknöpfe aufblitzten, und hinter seinem Rücken imitierte ihn Jonathan so, daß wir lachen mußten. Er sagte, Salvatore ähnele den Leuten, die in ausländischen Bahnhöfen geklaute Uhren verkaufen. Doch ganz gleich, wie geschmacklos er sein mochte mit seinen Anzügen, den Hemden und wenn er am Telefon seinen Namen auf die lange Tour buchstabierte und sich ausnahmslos an jede ranmachte, das Wichtigste an Salvatore war, daß er bei den Kunden mit seinem Charme praktisch alles erreichen konnte, so daß Mr. G nicht einmal im Traum daran denken konnte, ihn zu feuern und sehr wahrscheinlich sogar eifersüchtig war, wenigstens war er es in Rogers Stück.

Salvatore war wütend und sagte, wenn sie weiter in seiner Abteilung herumpfuschten ohne ihn wenigstens vorher zu fragen, würde er sich nach einer anderen Arbeit umsehen. Aber Mr. G – der sofort die Umgänglichkeit und Freundlichkeit in Person wird, sobald ein anderer ungehalten ist, damit sich die anderen dumm vorkommen –, Mr. G sagte, natürlich habe Salvatore recht, wenn Arbeit zu erledigen sei, müsse sie natürlich erledigt werden, er begreife bloß nicht, warum Yvonne ihm nicht erzählt habe, wie beschäftigt sie sei; deswegen sei er ihr wirklich ziemlich böse.

Schließlich nahmen sie mich mit auf die Messe, dabei türmten sich auf meinem Schreibtisch wirklich Berge von dringender Arbeit.
Es war ein schöner frühlingshafter Tag, daher setzte ich im Garderobenraum meinen Hut auf; als Mr. G mich unten im Foyer sah, sagte er sofort, seiner Meinung nach hätte sich mein Aussehen in den letzten paar Wochen sehr gebessert, was ja hoffentlich bedeute, daß ich mich an meinem Arbeitsplatz gut eingewöhne. Ich lief rot an und bejahte, obwohl ich inzwischen seit anderthalb Jahren hier beschäftigt war; Roger stand bloß schweigend daneben, mit einer Hand schob er eine blonde Strähne zurück.
Mr. G fuhr einen Rolls Royce, dessen Sitze mit rotem Leder bezogen waren, es verleihe der Firma nämlich mehr Prestige, wenn der Boß in einem Rolls unterwegs sei, sagte er; Roger saß auf dem Beifahrersitz und ich alleine hinten. Ich fuhr zum ersten Mal in einem Rolls, und wie ich so mit meinem Hut auf dem Kopf auf dem breiten Ledersitz saß und draußen die Welt rasant vorbeizog, kam mir der Gedanke, daß es bestimmt so sein würde, wenn man zu seiner Hochzeit unterwegs war. Das war ein ziemlich banaler Gedanke, ich weiß, aber eigentlich doch gar nicht so abwegig, und dann wanderten meine Gedanken zu Hochzeiten und Hochzeitsnächten und wie es wohl wäre, wenn man in dieser Nacht immer noch Jungfrau wäre und die Haare löste, neben dem großen Bett in irgendeinem Seebad lag dein weißes Hochzeitskleid, und dein Mann war ein bißchen rot vom Alkohol und versuchte krampfhaft, seine Fliege ab-

zumachen. Die Leute sagen, heutzutage gehe niemand mehr jungfräulich in die Ehe, aber wenn ich bei Malcolm geblieben wäre, bin ich mir da gar nicht so sicher. Und selbst dann wäre er wahrscheinlich gleich nach unserer Ankunft im Hotel angeln gegangen. Der Barsch beißt nämlich nur nachts.
Ich versuchte mir vorzustellen, wie es wäre, mit Roger ins Bett zu gehen oder, abwechselnd, mit Salvatore, Jonathan oder Mr. G, und versuchte, sie in Gedanken auszuziehen und mich dadurch in Stimmung zu bringen, weil ich langsam den Verdacht hatte, bei mir müsse irgend etwas nicht stimmen, weil ich nicht so richtig wild auf das war, worüber alle anderen ununterbrochen redeten. Aber ich konnte Männer einfach nicht in Gedanken ausziehen. Frauen schon, schließlich weiß man ja irgendwann, wie andere Brüste oder ein anderer Po in dem einen oder andern Kleid aussehen, außerdem ist die Welt ja voller nackter Mädchen, wo man auch hinsieht – aber Männer konnte ich nicht ausziehen. Mir fiel bloß ein, daß Salvatore wahrscheinlich ein wenig ölig war und Mr. G ziemlich groß, knochig und womöglich mit Sommersprossen auf der Brust, schließlich war er rothaarig; aber zu Roger fiel mir wirklich nur ein, daß er eben Roger sein würde. Und ich verspürte gar kein Lustgefühl. Keine Lust darauf, aus dem weißen Kleid und in dem Südküstenhotel ins Bett zu schlüpfen, auch nicht in irgendein anderes Bett. Vielleicht weil ich damals keine Ahnung hatte, wie wundervoll es sich anfühlen kann, Haut an Haut zu liegen.
Wir liefen den ganzen Nachmittag durch die riesige,

hellerleuchtete Halle, hörten Verkäufern zu, die uns erst von einem, dann von einem anderen Computer erzählten, und Mr. G sagte, er sei froh, daß sie mich mitgenommen hätten, falls sie einen Bürocomputer kauften, wollten sie schließlich kein Gerät, das nur ein hochintelligenter Mensch bedienen, sondern etwas, mit dem jeder umgehen könne, ganz gleich mit welcher Ausbildung. Roger stimmte ihm zu, und ich hätte ihn umbringen können.

Roger sprach übrigens den ganzen Nachmittag lang über die verschiedenen Möglichkeiten, einen Computer in unser bereits vorhandenes Büroverwaltungssystem zu integrieren; Mr. G nickte, stimmte zu und widersprach, seine langen knochigen Finger im Bart verknotet, und spielte den bedächtigen sorgengeplagten Boß, dem ein Haufen Geld zur Verfügung stand, bei dessen Investition äußerste Sorgfalt angebracht war.

Ich schlenderte hinter ihnen her und nahm an einer Tastatur nach der anderen Platz, um irgend etwas runterzuhämmern, das sie mir diktierten, dabei fühlten sich für mich alle Tastaturen gleich an, genau wie bei meiner uralten Kugelkopfmaschine im Büro, bloß daß der Lärm fehlte, dafür aber doppelt soviele Tasten neu hinzukamen, mit denen ich rein gar nichts anfangen konnte. Das einzig richtig Nette war, daß man am Ende einer Zeile nicht auf den Zeilenschalter drücken mußte und die Wörter nicht eigenhändig zu trennen brauchte, weil der Computer das von selbst machte. Mr. Buckley sagt immer, ich teilte Wörter nach denselben Kriterien, mit denen seine Frau Brot

schneide, das wäre für mich also eine echte Verbesserung.
Mr. G sagte, ich hätte hübsche Hände, die aber noch hübscher aussehen würden, wenn ich mit dem Nägelkauen aufhörte, und zu Roger gewandt fuhr er fort, zu den Vorteilen, die ihm im Laufe der Jahre beim Übergang von mechanischen zu elektrischen Schreibmaschinen aufgefallen seien, gehöre, daß seine Sekretärin lange, gelackte Nägel haben könnten was er schon immer sehr attraktiv gefunden habe, und Roger lachte und sagte ja, da sei Mr. G nicht der einzige. Ich hätte ihn erwürgen können, und mir fiel auf, wie sehr ich mich getäuscht hatte, als ich an Rogers erstem Arbeitstag geglaubt hatte, er würde nicht einmal einen Monat lang in der Firma bleiben, bei seiner Einstellung zur Arbeit. In Wirklichkeit konnte er seine Gefühle besser kaschieren als wir anderen zusammengenommen, mehr noch, er schien es sogar zu genießen. Auch wenn er es nach der Arbeit offenbar immer sehr eilig hatte, nach Hause zu kommen. Vielleicht spürte ich in diesem Moment zum erstenmal deutlich, was für ein schrecklich widersprüchlicher Mensch Roger war, spürte, daß ich auf der Hut sein mußte, und das zu genau dem Zeitpunkt, als alles ins Rollen kam.
Die Messe fand im Hotel Cunard statt, und als sie um sechs Uhr schloß, bestand Mr. G darauf, uns auf einen Drink in die Bar einzuladen. Mittlerweile war er bester Laune, und in der Bar legte er mir den Arm um die Schultern und erklärte, mein Problem sei, daß ich mich nicht genug amüsierte. Ich bestellte einen

trockenen Martini, weil mir auf Anhieb nichts Teureres einfiel.

»Also, ich sehe gern frisches junges Blut in der Firma, wenn man nämlich die ganze Zeit dieselben Leute um sich hat, wird die ganze Sache meist ein wenig fade – mangelnde Phantasie, frische Ansätze, Sie wissen schon.«

Und dann fuhr er fort, wenn er's recht bedenke, habe er Roger fragen wollen, ob er nicht Lust habe, eine Zeitlang in unserer amerikanischen Niederlassung zu arbeiten, wo sich seine Tochter vorübergehend aufhalte, das Geschäft drüben laufe offenbar sehr gut, und einen wie ihn könnten sie dort gebrauchen. Das Ganze sei eine wertvolle Erfahrung.

Roger bekam glänzende Augen.

Die Sache sei die, daß zur Zeit drüben eine Stelle unbesetzt sei und er eigentlich Yvonne habe schicken wollen, doch anscheinend könne Salvatore das Mädchen nicht entbehren.

»Das würde ich schrecklich gern machen«, sagte Roger in seinem leicht mittelenglischen Tonfall, legte seinen blonden Kopf in den Nacken und kippte einen Whisky-Soda.

Ich weiß nicht, warum, aber die Vorstellung, daß Roger genau in dem Moment nach Amerika jetten könnte, wo er mir als Zeichen den Hut gekauft und ich ihn geküßt hatte – diese Vorstellung machte mich wirklich fertig. Die Firmenniederlassung war in Texas, was für mich Sonne und Mädchen am Swimming-pool bedeutete, und ich dachte, wenn er ganz allein an so einem Ort wäre, müsse er sich zwangs-

läufig in eine andre verlieben. Unsere Beziehung hatte so viel mit Verkehrsstaus zwischen Shepherd's Bush und Acton zu tun, mit regnerischen Abenden und einem raschen Täßchen Tee, sie kam mir so zart und zerbrechlich vor und schien so sehr darauf zu beruhen, daß wir beide im selben Büro arbeiteten und den gleichen Heimweg hatten, daß ich spürte, die heiße Texassonne würde das alles sofort wegwischen, und er würde mich im Handumdrehen vergessen.
Als wir in Shepherd's Bush angekommen und in Rogers Wagen umgestiegen waren, brach ich in Tränen aus. Er hatte noch nicht mal den ersten Gang eingelegt, da heulte ich schon wie ein Schloßhund und suchte nach Taschentüchern.
Er saß bei laufendem Motor einfach da und schwieg. Es dauerte vielleicht eine volle Minute, bis er sagte: »Was ist denn los, Anna?«
»Du«, sagte ich, und dann erzählte ich es ihm. Ich sagte ihm, daß ich Tag für Tag jeden Moment nur an ihn denken müsse. Weil ich ihn liebte. Und daß er nach Amerika ging, wolle ich nicht. Ich liebte ihn eben, und wie ich ihn liebte.
Er saß da, eine Hand in seinen Haaren und mit zögernden besorgten Augen, und dann sagte er: »Anna«, und streckte die Hand nach mir aus. Als er mich berührte, kam es zu einer rein instinktiven Reaktion. Ich rutschte über den Sitz, umarmte und küßte ihn, wie ich vorher noch keinen geküßt hatte, und zuerst war er kühl, taute aber langsam auf und erwiderte meine Küsse, und mit einer Hand griff er nach meinem Busen, oder was ich damals an Busen hatte, und

er war ziemlich stürmisch, was mich aber gar nicht störte.
Das muß fünf Minuten lang so gegangen sein, der Motor des Minis brummte und wummerte, und mein Herz pochte wie ein Tomtom, weil mir ganz plötzlich klar wurde, daß ich es wie alle anderen machte: Ich tauschte in einem Auto leidenschaftliche Küsse aus.

Als wir voneinander abließen, fuhr er ohne ein Wort los, schneller und nervöser als je zuvor, nur daß er diesmal nicht in die Horn Lane einbog.
»Hier wohne ich«, sagte er zehn Minuten später. Es war eine dieser nichtssagenden Straßen in Ealing, die genausogut in irgendeinem anderen Londoner Vorort liegen könnten. Mittwochs abends sei seine Vermieterin immer in ihrem Filmclub, sagte er.
Er nahm mich also mit hinein, ich hängte mich an seinen Arm und wußte immer noch nicht, ob ich mich freuen oder weinen sollte, und er führte mich die Treppe hoch, wo wir aufs Bett fielen, uns küßten und befummelten und einander ungeschickt auszogen und uns leidenschaftlich und schmerzhaft und chaotisch liebten, als explodiere in uns beiden etwas – und um halb elf mußte ich gehen, weil seine Vermieterin jede Minute nach Hause kommen könne.
Seine Vermieterin habe ausdrücklich betont, er dürfe keinen Damenbesuch empfangen.

Mein Herz pochte noch wochenlang wie ein Tomtom, und wenn er mich mittwochs abends nach Hause fuhr, bog er nie in die Horn Lane ein, sondern fuhr weiter bis nach Ealing. Wir aßen in einem Schuppen namens »Dinkies« einen Hamburger, und wenn sich seine Vermieterin in ihren Filmclub aufgemacht hatte, gingen wir in ihr Haus und stiegen gemeinsam die Treppe zu seinem Schlafzimmer hoch.

Ich möchte etwas über Rogers Schlafzimmer erzählen, etwas, das mir zuerst nicht auffiel, was aber heute einen Sinn ergibt; damit meine ich, wie wenig – oder, wenn man so will: wie viel – von ihm in diesem Zimmer vorkam. Es läßt sich nicht leicht erklären. Offenbar bewohnte er das Zimmer seit zwei Jahren, seit er aus Mittelengland, wo seine Familie lebte – sein Vater war Klempner und Kirchenratsmitglied in der Methodistengemeinde, seine Mutter bediente in der Kosmetikabteilung von Woolworth –, hierhergezogen war, und doch hatte er noch kein einziges Bild aufgehängt. Auf meine Frage sagte er, er sei noch nicht dazu gekommen, außerdem wolle er nicht ewig wohnen bleiben, es sei nur vorübergehend, und wenn er sich hier häuslich einrichte, käme das einer Niederlage gleich, als finde er sich damit ab, für alle Zeiten in diesem Vorstadthäuschen in Ealing zu bleiben. Außerdem habe er eine Theorie über Bilder und Dekorationsgegenstände. Die schaffe man sich an, wenn sie frisch und neu seien, und habe seinen Spaß daran, aber natürlich blieben sie immer gleich, tagaus, tagein, und mit ihrer Unveränderlichkeit versteinerten sie einen gewissermaßen.

Bis zu einem gewissen Punkt konnte ich ihn ganz gut verstehen, schließlich hatte meine Mutter unser Wohnzimmer mit diesen seltsamen länglichen Glasfiguren vollgestellt, die zu bewegen eine höllische Qual war; aber ich wandte ein, meiner Meinung nach verändere sich ein volles Zimmer genausowenig wie ein leeres, oder?

Er lachte. Er sagte, ein leeres Zimmer sei ein einziges Potential, darauf komme es an. Kahle Wände steckten voller Möglichkeiten, und man müsse warten, bis man genau das richtige Bild zum Aufhängen finde, falls man überhaupt je etwas aufhing. Besser nichts aufhängen, als das Falsche.

Ich sagte nichts. Ich war bis über beide Ohren in Roger verliebt, richtig blind für alles andere, so wie das halt bei einer ersten Liebe ist, und es hat wohl keinen Zweck, noch mehr Worte drüber zu verlieren – entweder wissen Sie, was ich meine, oder nicht. Ich war verliebt in ihn, hielt ihn für schrecklich intelligent, und wenn er Sätze sagte wie: »Kahle Wände stecken voller Möglichkeiten«, versuchte ich gar nicht erst, ihre wahre Bedeutung zu verstehen, sondern lauschte nur dem Echo dieser Worte in meinem Kopf, mitsamt ihrer Intelligenz und dem leichten mittelenglischen Akzent, den ich inzwischen so sehr liebte.

Was in seinem Zimmer sonst noch auffiel, war der Schreibtisch. Die Wände waren leer, doch der Schreibtisch war voll, auf ihm türmten sich Blätter, Lexika und Bücher, die er gerade las, Sachen, die er schreiben wollte, und mitten in diesem Chaos stand die Schreibmaschine, auf der er mit zwei Fingern sehr schnell tippen konnte. Blätter schienen aus der Maschine zu quellen und sich über den Tisch zu ergießen, bis sie auf dem Boden landeten. Auf dem Nachttisch stand ein Diktiergerät, in das er nachts sprach, wenn er aufwachte und eine Idee oder einen bemerkenswerten Traum hatte. Und neben dem Diktiergerät stand der Wecker, der um zehn Uhr abends klingelte, was uns gerade noch eine halbe Stunde Zeit zum Aufstehen, Anziehen und Verschwinden ließ, bevor seine Vermieterin kam. Ich weiß nicht warum, aber ich stellte nie in Frage, daß ich weg sein mußte, wenn seine Vermieterin nach Hause kam.

Nachdem wir uns geliebt hatten, was für mich diese ersten Male schrecklich, zum Zittern aufregend war, so daß es mir wie das Wichtigste auf der Welt vorkam, legte sich Roger zurück, nackt unter der Decke, die eine Hand unter seinem blonden Schopf, so daß sich sein phantastisches Profil mit der geraden Nase vor dem durch die Spitzenvorhänge fallenden Dämmerlicht abzeichnete, und ich kuschelte mich an ihn und wir redeten.

Hauptsächlich über seine Zukunft. Er habe dieses und jenes Projekt, bewerbe sich bei dieser oder jener Firma, und es sei nur noch eine Frage der Zeit, bis irgend etwas klappte und er sich aus diesem miesen Bürojob verabschieden könne.

Ich sagte lachend, sobald er ganz groß rauskäme, würde er mich wegen einer dieser glamourösen Schauspielerinnen mit spitzen Titten und Oxbridge-Akzent, die ja in der BBC haufenweise aufträten, bestimmt sofort sitzenlassen.

Und er sagte lachend, selbstverständlich würde er das tun.
»Du blöder Hund!« Ich kitzelte ihn, und er mußte noch mehr lachen und sagte, warum ich nicht loszöge und selber berühmt würde, dann könnte ich mich mit einem dieser Barischnikow-Typen aus dem Staub machen, die nur aus Muskeln, Po und langen klimpernden Wimpern bestünden.
Doch manchmal wurde er auch melancholisch und sagte, wir müßten uns sehr vorsehen, daß wir keinen Schaden nähmen, wenn wir uns zu sehr aneinander klammerten. Man könne gar nicht vorsichtig genug sein, um keinen Schaden zu nehmen.
Wenn Roger lachte, hatte er Grübchen in seinen beinahe Pfirsichwangen und sah aus wie ein kleiner Junge; aber wenn er melancholisch wurde, legte sich seine Stirn in lauter Falten, und man konnte ihn leicht für fünfundvierzig halten. Stumm lag er auf dem Rücken, und ich glättete die Falten, streichelte seinen Körper – am liebsten fuhr ich mit der Hand über die Stelle, wo sich sein Brustkorb zum flachen Bauch hinabsenkte – und sagte, er solle sich keine Sorgen machen, weil wir uns nicht zu sehr aneinander klammerten; ganz im Gegenteil, ich langweilte mich bereits und zöge ernsthaft in Betracht, ein Angebot von Mr. G anzunehmen und ein anderes von Salvatore und es sei nur noch eine Frage der Zeit, bis ich einen erhörte.
Dann fing er wieder an zu lachen, wir umarmten uns und redeten übers Büro.
Bis der Wecker klingelte.
Er fuhr mich nach Hause, und wenn er mich in der

Horn Lane absetzte, war mir nach Tanzen zumute. Tanzen hätte ich können, herumwirbeln, die Arme ausbreiten und auf dem Pflaster in der Horn Lane einen Freudentanz vollführen. Damals, als es in den ersten Wochen darum ging, alles vor jedem geheim zu halten, kam es mir wie ein tolles Spiel vor, und ich genoß es, wenn Roger in unser Büro kam und wir uns in diesem betont geschäftsmäßigen Bürotonfall unterhielten; ein- oder zweimal nannte ich ihn sogar Mr. Cruikshank, was ein bißchen übertrieben war.

»Du strahlst heute ja richtig«, sagte Salvatore. »Wohl im Lotto gewonnen? Hopp, hopp, hopp, an die Arbeit, daß du mir mit diesem idiotischen Grinsen nicht den ganzen Tag vergeudest.«

Bestimmt konnte man mir aus einem Kilometer Entfernung ansehen, daß ich verliebt war, bei den hübschen Kleidern, die ich trug, und dem Make-up, und weil ich gelegentlich mal eine Pirouette im Flur drehte. Ich hätte jeden küssen können. Einmal legte ich sogar Jonathan meinen Arm um die Schultern, als ich ihm seine Briefe brachte. Jonathan hatte sich angewöhnt, seine Briefe auf Tonband zu sprechen, und am Ende brachte er kleine Mitteilungen unter wie: »Kommst du heute mit zu mir nach Hause, Baby?« oder »Voulez-vous coucher avec moi, ce soir?« und Ähnliches. Das machte er natürlich bei jeder, aber bisher hatte ich es nie leicht nehmen und mich darüber lustig machen können. Jetzt genoß ich es, lief durchs Büro und summte: »What a difference a day makes«, »I believe in miracles«, und alle möglichen anderen kitschigen Songs. Weil ich es satt hatte, daß

mich alle für blaß hielten, trug ich sogar Rouge auf.
»Du bist vielleicht gut drauf«, sagte Jackie im Pub »Five Bells«, wo sie rauchend über einem Tomatensaft saß. »Was ist bloß los mit dir?«
»Ich habe ein Verhältnis«, antwortete ich und blinzelte ihr zu.
»Mit dem Typ, der dir den Hut geschenkt hat?« fragte sie. Dann wurde sie sehr ernst und sagte, sie hoffe, daß ich kein Risiko einging, was ich energisch von mir wies. In Wirklichkeit war sie wohl ein wenig eifersüchtig, sonst hätte sie so etwas nie gesagt. Sie hat nämlich ein Mondgesicht, Jackie, ziemlich stark gepudert und sehr fröhlich, aber nicht besonders sexy. Mit siebzehn hat sie einen Elektriker und Darts-Champion geheiratet, und alle paar Wochen verkündet sie, jetzt habe sie endgültig von der Arbeit die Nase voll und wolle Kinder kriegen und zu Hause bleiben, aber sie tut es nicht. Ich glaube, weil sie sich zu Hause langweilt, wo ihr Mann ständig Darts übt und der Fernseher läuft, während sie im Büro flirten kann. Wahrscheinlich hält sie ihre Masche für sehr sexy, beim Lachen den kleinen Finger in den Mund zu stecken. Doch alles in allem hat sie einfach nicht so eine Figur wie Yvonne oder auch nur Wendy.
Wir aßen mit Beatrice zu Mittag, die mal bei der BBC gearbeitet hat, und die sich mit einem Cocktailspießchen in den Zähnen herumstocherte und sagte, man verliebe sich nur einmal im Leben, darum solle ich das beste draus machen, weil es sowieso nicht von Dauer sei. Schrecklich mürrisch war diese Beatrice,

und manchmal ließ sie sogar einen Tag ausfallen und sagte dann, sie sei bloß mal eben zum Einkaufen in die Stadt gefahren. Das sagte sie auch Mr. G auf den Kopf zu, sie erfand nie etwas, aber er warf sie nicht raus; wahrscheinlich lag das, wie ich schon erwähnte, daran, daß er ihren Mann kannte oder so ähnlich, oder vielleicht daran, daß er ihr sogar noch weniger als uns zahlte. Aber bei solchen Dingen konnte man nichts Genaues wissen.

Wir saßen in dem Pub und aßen unsere Würstchen und Beatrice meldete sich wieder zu Wort: Ich solle den Burschen um Himmels willen nicht heiraten, oder wenigstens erst, wenn ich nicht mehr in ihn verknallt wäre und gewissermaßen wüßte, woran ich mit ihm sei.

»Ich habe gar nicht die Absicht, ihn zu heiraten«, sagte ich und lutschte – plopp – das Fett von meinen Fingern. »Ich beabsichtige, mich zu verlieben, bis ich hundert bin.« Dann fuhr ich fort, ohne eine Erwiderung abzuwarten: »Yvonne ist übrigens stinksauer. Wußtet ihr, daß sie nach Amerika sollte? Tja, sieht so aus, als wollte Mr G jetzt, wo er mit ihr das Verhältnis hat, nicht mehr, daß sie fliegt, und statt dessen schickt er Roger rüber.«

»Quatsch«, sagte Jackie. »Nie und nimmer schickt er Roger rüber.«

»Wieso nicht?«

»Zu unerfahren.«

Darauf erzählte ich ihr, was Mr. G auf der Computermesse gesagt hatte.

»Ach, der hatte einfach gute Laune«, sagte Jackie.

»Wenn er gut aufgelegt ist, will er jeden nach Amerika schicken, sogar Jonathan. Einmal sogar mich, kannst du dir das vorstellen?«
Ich hätte sie küssen können.

Ich bekam meine Gefühle und was zwischen uns ablief wohl nie so recht in den Griff, glaube ich, weshalb ich mich abmühte, alles zu verstehen und Roger fragte, was er von diesem und jenem hielt und was es wirklich bedeutete, verliebt zu sein. Doch Roger sagte, Erklärungen seien zwecklos, genauso zwecklos wie mein Versuch, alles zu verstehen. In den Dingen schlummere nämlich kein Sinn, den man nur entdekken müsse; ganz im Gegenteil, man müsse diesen Sinn erfinden, sich einbilden. Alles, was existiere, sei Einbildung, sagte er.
Ich lag nackt und ein wenig verschwitzt auf dem Rücken in Rogers Zimmer und sah zu, wie er schon wieder in seinen Papieren herumstöberte. Wenn ich mich nackt abkühlte, nachdem wir miteinander im Bett gewesen waren, fühlte ich mich unglaublich sexy und wünschte, er würde sich umdrehen und mich ansehen, statt mir etwas zu erzählen und in seinen Blättern rumzustöbern. Besonders wenn man bedachte, wie wenig Zeit wir zusammen verbrachten. Das machte mich bereits traurig. Anfangs hast du das Gefühl, für immer und ewig glücklich zu sein, wenn jemand dich nur küßt, später glaubst du dann, wenn ihr nur ab und zu miteinander schlaft, einmal in der

Woche, wäre das schon paradiesisch, was natürlich nicht stimmt. Du willst immer mehr. Mir war unbegreiflich, wie er behaupten konnte, so etwas sei bloß eine Einbildung, wenn es mir ungeheuer echt und hartnäckig vorkam.

Ich lag also niedergeschlagen auf seinem Bettlaken wie Butter auf einer heißen Scheibe Toast, und er sah mich nicht mal an. Eine Woche, drei, vier Wochen lang war ich überglücklich gewesen, und jetzt war ich schon deprimiert, weil ich erkannte, daß er mich zwar in sein Leben aufgenommen hatte, aber nur, um mich dort einzubauen wie ein neues gutes Fernsehprogramm, das er zwar auf keinen Fall versäumen durfte, das aber andererseits nur einmal in der Woche lief und sich einigermaßen in seinen alten Trott integrieren ließ. Im Bett war er phantastisch, leidenschaftlich wie ein Löwe, aber wenn es vorbei war, war es eben vorbei.

Leise sagte ich: »Du gibst dir wirklich alle Mühe, stimmt's, Roger? Ich meine, es ist dir wirklich wichtig; dein Stück und alles.«

Er arbeite gern drei Stunden täglich an seinem Kram, sagte er. Es sei eine Frage der Disziplin. Und außerdem fast den ganzen Samstag und Sonntag.

»Und wenn einfach nicht genug Zeit ist?«

Zeit genug sei immer, sagte er. Die müsse man sich nehmen.

»Aber du kannst doch nicht einen Beruf ausüben, Stücke schreiben, ein Verhältnis haben und dann noch die ganzen anderen Dinge, die du machen willst, alles auf einmal.«

»Warum nicht?« fragte er. Wenn man nur wolle, könne man alles. Man müsse fest entschlossen sein. Am Ende müsse eben der Geist über die Materie siegen.
»Dein Geist über meine Materie?« fragte ich, worauf er sich lachend umdrehte, lachte, und gerade zu mir rüberkam, um mich zu küssen, als der Wecker klingelte.
Im Wagen machte ich ihm dann meinen Vorschlag, dasselbe Angebot, das ich ihm von nun an Woche für Woche bis zum Jüngsten Tag machen würde, im wahrsten Sinne des Wortes: sein Jüngster Tag, mein Jüngster Tag und auch für Mr. G ein ziemlich verdorbener Morgen, schließlich verlor er auf einen Schlag zwei Angestellte, von der Publicity ganz zu schweigen.
»Wenn du wirklich all das machen willst«, sagte ich, »warum hörst du dann nicht sofort auf zu arbeiten? Wir suchen uns irgendwo eine kleine Wohnung, ein Apartment oder so was, du bleibst zu Hause und ich verdiene das Geld. Dann können wir zusammen sein, auch wenn du arbeitest, verstehst du. Samstags und sonntags und so. Oder du schreibst während der Woche so viel, daß du am Wochenende frei hast, und dann ziehen wir los und unternehmen was.«
Doch er lehnte sofort ab.
Warum?
Warum sei unwichtig. Dann sagte er, der Grund sei, daß er nie jemand anderen für sich arbeiten lassen könne, während er die Zeit mit Stückeschreiben verplempere.

Aber er verplempere seine Zeit doch gar nicht, widersprach ich. Hatte er nicht immer gesagt, für ihn seien sie das Wichtigste auf der Welt?
Etwa nicht?
Und ich sei bereit, ihm zu glauben, sagte ich. Ich sei's wirklich. Zu Recht wolle er nicht sein ganzes Leben im Büro zubringen, wo er doch andere Talente habe. Er sollte aussteigen und es wagen, ich würde ihn unterstützen. Doch er sagte, ich verstünde das nicht, und dann fuhr er schneller als sonst in die Horn Lane, als sei jemand hinter ihm her.
Bevor ich ausstieg, fragte ich: »Was gibt es dann für eine Zukunft, Roger? Für uns, meine ich?«
»Zukunft?« sagte er.
»Ja, Zukunft.«
Doch er sagte, die Zukunft entstünde jeden Tag neu, basta. »Es ist uns heute nicht vergönnt«, sagte er, »zu wissen, was das Morgen bringt.«
Ich dachte, er zitiere aus der Bibel, fand aber später heraus, daß es jemand in einem seiner Stücke sagte. Es sei denn, der zitierte aus der Bibel.
Als ich nach Hause kam, saß meine Mutter weinend im Wohnzimmer und sagte, sie könne nicht mehr mit Dad reden. Immer wenn sie mit ihm über Brian reden wolle, gehe er die Wände hoch und verweigere jedes Gespräch. Vor ein paar Stunden sei er in den Pub gewetzt.
Ich setzte mich auf die andere Sofaseite und legte den Arm um sie. Sie ist eine kräftige Frau, meine Mutter, das genaue Gegenteil von mir, mit ihren großen eckigen Schultern, rissigen roten Händen und einem vol-

len, offenen, roten Gesicht. Sie schniefte in Papiertaschentücher und sagte, es habe ihr das Gefühl gegeben, ihr ganzes Leben sei vorüber, als Brian starb, es habe sie auf den Gedanken gebracht, alles, was sie getan habe, sei umsonst gewesen; das Leben habe sie ausgelöscht, ausradiert. Zwischen ihr und Norman gäbe es jetzt nichts mehr, keinen Grund mehr, nun zusammenzubleiben, wo alles verschwunden sei, was ihnen etwas bedeutet habe.

Ich erbot mich, eine Tasse Kakao zu machen. Angeblich können Töchter ihre Mütter ja hervorragend trösten; ich nicht. Mir tat sie leid, aber es gab nichts zu sagen. Meine Mutter und ich hatten nie ein besonders inniges Verhältnis gehabt, keine dieser ungeheur engen Mutter-Tochter-Beziehungen, in denen man über alles reden kann. Sie hat mir nie etwas über meine erste Periode oder Sex oder so was gesagt. Alles hatte ich in der Schule herausfinden müssen, und dafür hätte ich sie immer noch umbringen können.

Ich machte den Kakao und trug ihn ins Wohnzimmer. Mum hatte inzwischen die Glotze eingeschaltet, in der sich zwei Leute durch irgendwelche Gäßchen hetzten und aufeinander schossen.

»Wo hast du eigentlich so lange gesteckt?«

»Ausgegangen«, sagte ich.

Sie betrachtete mich aus geröteten Augen.

»Du hast einen Freund«, stellte sie fest.

»So was soll vorkommen.«

Sie sah fern, während ich den Kakao aus dem Topf einschenkte. Eine der beiden Personen auf dem Bildschirm stürzte vom Dach eines Parkhochhauses.

»Warum bringst du ihn nicht mit nach Hause? Ich würde ihn wirklich gern kennenlernen.«
Ich zuckte die Achseln.
»Du schämst dich unser, stimmt's? Deswegen.«
Ich schüttelte den Kopf.
»Brian hat seine Freundinnen immer mit nach Hause gebracht«, fuhr sie fort, und ihre Unterlippe zitterte. »Brian hat sich immer gefreut, wenn wir seine Freundinnen kennenlernten.«
Ich nahm meine Tasse Kakao und ging nach oben.
In meinem Zimmer war es bitter kalt, weil in unserem Haus der erste Stock nie beheizt wurde, und ich mußte mich im Bett selbst ganz fest umarmen, um warm zu bleiben. Wenn ich Kinder hätte, dachte ich, würde ich sie nie meinem Mann vorziehen, nicht mal mir selber.
In meinem Zimmer gab es ein Regal mit Romanen, die ich gelesen hatte, als ich mich noch als Krankenschwester versucht und Nachtwachen im Krankenhaus gehalten hatte, außerdem ein paar Snoopy-Poster, einen Spiegel mit gelbem Plastikrahmen und noch ein Poster, die Kopie eines Aquarells, auf dem ein Mädchen mit langem Kleid im Wasser dahintreibt - Roger hatte es mir geschenkt, weil eine seiner Schwestern es erst gekauft und dann beschlossen hatte, daß es ihr nicht gefiel.
Ich starrte die Wände an und hörte dem Fernseher zu. Es war zwecklos mit meinen Eltern, dachte ich, ich konnte ihnen nicht helfen und sie mir nicht. Wenn ich eine eigene Bleibe hätte, würde Roger sehr wahrscheinlich jeden Abend vorbeikommen und mit mir

ins Bett gehen. Auch wenn wir nicht zusammen wohnten.
Bei dem Gedanken ans Miteinanderschlafen fiel mir ein, daß ich in meinem Zustand am besten ein Bad nehmen sollte, also stand ich auf, legte meinen Morgenmantel um und schlich auf Zehenspitzen ins Badezimmer. Dieser Morgenmantel gehört zu meinen hübschesten Habseligkeiten: schwarze Seide mit chinesischen Drachen. Ich habe ihn mir selbst gekauft, von meinem ersten Monatsgehalt bei PP. Mit umgeworfenem Morgenmantel betrachtete ich mich im Spiegel, entblößte erst die eine Schulter, dann die andere, ließ den glänzenden Stoff am Körper runtergleiten und stand plötzlich nackt da. Das würde Roger gefallen, dachte ich, und wiederholte das Ganze auf Zehenspitzen, damit ich ein bißchen weiter nach unten gucken konnte, der Spiegel reichte nämlich nur bis zum Waschbecken.
»Du hast diese Woche schon dreimal gebadet«, rief meine Mutter, als sie auf dem Weg ins Bett die Treppe hochkam, aber ich reagierte nicht. Brian hatte etwa hundertmal die Woche gebadet und dabei massenhaft Wasser aufs Linoleum geschüttet, ohne daß sich jemand beschwerte.
Ich ging zu Bett, konnte aber nicht einschlafen, ohne wieder an Sex zu denken. In manchen Nächten lag ich stundenlang wach, weil ich an Sex dachte und besonders daran, wie dumm es war, daß ich hier ganz allein eingecremt und parfümiert dalag und es kaum erwarten konnte und doch gezwungen war, mich selbst zu umarmen und zu frieren.

Während er an seinem Schreibtisch saß und nach dem Zweifingersuchsystem drauflostippte.
Er hätte mich ja wenigstens für ihn tippen lassen können, also wirklich.
Morgens um halb zwei lag ich immer noch wach, als Dad Rugby-Lieder grölend heimwärts schwankte. Eine Woche vor Brians Tod hatte er ihm ein Buch mit Rugby- Songs geschenkt. Ich kann mich noch an den Einband erinnern – es liegt gelegentlich noch bei Woolworth herum –, ein Haufen bulliger Männer, die sich nach dem Spiel unter der Dusche vom Schlamm befreien.
Ich war eingeschlafen, und es muß wohl mitten in der Nacht gewesen sein, als ich starr vor Erstaunen aufwachte und wußte, daß mich ein Geräusch geweckt hatte. Da war es wieder, ein leises Pochen am Fenster. Furcht hatte ich schon, ging aber trotzdem zum Fenster, öffnete es, und da stand ausgerechnet Roger in unserem handtuchgroßen Garten und grinste wie ein Irrer.
»Was ist los?«
»Pssst!« zischte er und machte mir Zeichen, nach unten zu kommen.
Ich schlüpfte in den Morgenmantel und schlich die bei jedem Schritt knarrenden Stufen hinunter. Natürlich hatte ich vergessen, meine Hausschuhe anzuziehen, so daß ich auf dem Weg übers Küchen-Linoleum alles mögliche unter den Zehen spürte. Ich entriegelte die Tür, und er kam ins Haus. Er trug Jeans und einen Pullover, sah müde aus und hatte rotgeräderte Augen.

»Was...«
»Ich wollte dich bloß sehen...«
Mit schrecklich ernstem Gesicht schob er sich die Hand ins Haar. So wie er das machte, standen ihm manchmal die Haare zu Berge, wenn er die Hand wegnahm.
»Aber Roger, wir haben uns doch vorhin erst gesehen.«
»Ich wollte dir sagen, wie wichtig du mir bist«, erklärte er feierlich.
»O Roger.«
Ich umarmte ihn auf dem kalten Küchen-Linoleum. Dann sagte ich: »Guck mal«, machte einen Schritt zurück und schob den Morgenmantel von beiden Schultern, so daß der chinesische Drachen meine Haut hinabglitt. Er trat zu mir, umarmte und küßte mich, küßte meine Brüste und zog eine immer tiefer führende Spur von Küssen.
»Nicht hier«, sagte ich, »wenn Mum und Dad uns hören!« Außerdem war mir eiskalt. Ich bückte mich und nahm den Morgenmantel.
»Dann gehen wir eben zum Auto.«
Ich zeigte ihm, daß ich barfuß war, doch ihm war das egal, er habe ganz in der Nähe geparkt, sagte er, und tragen könne er mich auch. Kaum waren wir auf dem Gartenweg, da hielt er mich schon auf den Armen, so wie in alten Filmen Bräute über die Türschwellen getragen werden. Doch mit mir in den Armen bekam er den Riegel am Gartentor nicht auf, und ich schüttelte mich vor Kälte und Lachen, und er mußte mich absetzen. Mit der Ferse landete ich direkt auf einem

Stein, was unheimlich wehtat, doch ich durfte nicht schreien, weil das Schlafzimmerfenster von Dad und Mum bloß ein paar Meter entfernt war. Über den schotterbedeckten Gehsteig humpelte ich zum Wagen.

Im Auto war Roger wahnsinnig romantisch – auch eine seiner Eigenheiten. Einerseits wetterte er gegen die Liebesromane, die ich manchmal kaufte, und gegen die Frauenzeitschriften, die ich im Betrieb las, und versuchte Sex und Liebe auf einen kleinen Bereich seines Lebens zu begrenzen, damit er für all die vielen anderen ihm so wichtigen Dinge Zeit hatte, andererseits sollte alles, was er machte, höchsten Ansprüchen genügen. Es durfte nicht einfach bloß Sex sein, wenn wir ins Bett gingen, es mußte leidenschaftlich und es mußte Liebe sein, sonst könne er ja genausogut masturbieren, sagte er. Er gab sich also große Mühe beim Sex, glaube ich, und versuchte mit aller Macht, seine Lust zu zügeln, damit es etwas Besonderes wurde, er mich keinesfalls ausnutzte, und einen Orgamus mußte ich auch bekommen, aber kaum war es vorüber, stand er auf und stöberte wieder in seinen Papieren herum, und überhaupt war da noch der Wecker, so ein Digitaldings mit roten Ziffern wie Perlen, der unsere gemeinsamen Sekunden überwachte, bis ich gehen mußte.

Im Auto war er sehr romantisch. Die Füße unter dem Po, kauerte ich zitternd auf dem Beifahrersitz und wußte, daß ich mir von dieser Sache eine entsetzliche Erkältung einfangen würde, und er nahm mich in die Arme, rubbelte mich warm und sagte, er sei hier, um

mir alles zu erklären; daß er mich mochte, daß ich ihm fehle und es Abende gäbe, an denen er nicht schreiben könne und liebend gern mit mit zusammen wäre, einfach neben mir sitzend oder mit mir im Bett, und oft dächte er, wie wundervoll es wäre, wenn wir uns eine gemeinsame Wohnung nähmen, dann könnte er mehr schreiben, seine Stücke beenden und Kontakte knüpfen und so weiter und so fort - er wolle bloß erklären, warum es unmöglich sei.
Stumm und immer noch zitternd saß ich da, während er mich fest in die Arme nahm und kurz seinen Kopf in meine Halsgrube legte, was er immer sehr gerne mochte – »meinen Geruch riechen«, nannte er das –, und dann fing er mit dem Erklären an.
Zunächst einmal hätte es etwas mit Verantwortung zu tun; und mit Bindung, sagte er. Es sei gefährlich. Damit meinte er, wenn man sich festlegte, bevor man sich ganz sicher war. Mit dem Schreiben sei es das gleiche. Wenn er nun zwei, drei Jahre lang Stücke verfaßte und sie zur BBC und den Theatertruppen brachte, und nichts kam dabei heraus? Und wenn wir uns dann nicht mehr liebten? Wenn wir einander nichts mehr bedeuteten? Dann hätte er drei Jahre lang für nichts und wieder nichts von meinem Geld gelebt.
Ich hatte dem allen nicht so recht folgen können und sagte: »Aber ich werde dich immer lieben«, und er sagte: »Anna«, und schwieg dann.
Es fing an zu regnen. Alle Fenster waren beschlagen, die geparkten Autos und die Häuser konnte man nur noch schemenhaft erkennen, und das Zellophangelb

der Straßenlaternen fiel trüb durch das vom Atem beschlagene Fenster.
Nein, er habe ja noch gar nichts erklärt, sagte er. Es sei da so ein Konflikt in ihm. Einerseits wolle er mich unbedingt haben und könne manchmal deswegen nachts nicht schlafen, andererseits könne er sich einfach nicht vorstellen, daß wir zusammenlebten und wie wir zueinander passen sollten. Er könne es sich nicht ausmalen. Vielleicht läge es daran, daß er nicht wisse, ob das zwischen uns hauptsächlich etwas Physisches sei oder nicht.
Ich fragte, ob das wirklich so wichtig wäre, und er fand schon.
Dann sagte er ganz leise, auf dem College habe er schon einmal ein Verhältnis mit einem Mädchen gehabt und am Ende begriffen, daß sich zwischen ihnen nur etwas rein Physisches ablief; die Trennung sei natürlich grauenhaft schwierig gewesen, und er wolle vermeiden, daß es uns genauso ergehe.
Weil solche Dinge so viel Zeit, Energie und Gefühle verschlängen.
Außerdem habe er durch seine methodistische Erziehung ein ungeheures Verantwortungsbewußtsein mitbekommen, auch wenn er jetzt Atheist sei. Das schleppe er eben mit sich rum, und damit müsse er sich abfinden. Er könne nicht einfach den unbekümmerten Casanova spielen.
Ich sagte nichts, fühlte mich nur immer kleiner, immer verfrorener. Ich wußte wirklich nicht, daß er schon einmal vor mir ein Verhältnis gehabt hatte. Bei seiner anfänglichen Schüchternheit und dem ganzen

Chaos, als wir die ersten paar Mal miteinander schliefen, hatte ich das Gegenteil vermutet. Ich strich über die Gänsehaut an meinen Waden und schob die Unterlippe vor.
Nicht zu vergessen, redete er rasch weiter – weil er wirklich alles erklären wolle, sagte er – die Geldfrage. Geld sei ein Riesenproblem. Er wolle nicht wie ein Bohemien leben, den seine Freundin mit ihrem Sekretärinnengehalt über die Runden brachte und der ständig sparen mußte. Er wolle nicht wie seine Eltern enden, die ihre Doppelhaushälfte in Stoke-on-Trent für den Gipfel des Erfolgs hielten und über Pauschalreisen nach Teneriffa redeten, als seien die der Traum eines jeden Jet-setters, und anschließend von Schuldgefühlen geplagt würden, weil sie mehr für Brot für die Welt hätten spenden können. Nein, er wolle Geld genug haben, gut leben, ordentlich angezogen sein, ins Theater gehen und einen guten Wagen fahren, keinen miesen alten Mini, dem man bei Feuchtigkeit eine Plastiktüte um den Verteiler wickeln mußte. Er wolle nicht wegen irgend etwas Schuldgefühle haben. Er habe sich ungeheuer angestrengt, um nach Cambridge zu kommen und es in der Welt zu etwas zu bringen, und er wolle um Himmels willen ein wenig Klasse haben, ein wenig Stil, ein wenig Schönheit, sonst könne er sich genausogut umbringen und die Sache abhaken. So stehe er eben dazu. Dabei hatte er sich ziemlich in Rage geredet. Sogar im Dunkeln konnte man seine angeschwollene Halsschlagader und seine wilden Blicke sehen. Mit einer Hand trommelte er kräftig auf dem Lenkrad herum.

»Aber mir gefällt das Auto«, sagte ich. »Jedenfalls wenn es im Regen steht. Dieses Auto gehört zu uns, das spüre ich. Ich will nicht, daß du ein anderes kaufst.«

»Du mußt ja auch nicht dein halbes Leben mit dem Versuch vergeuden, es zu reparieren«, sagte er.

Ich hatte ziemlich schnell gemerkt, daß man bei Roger einfach nie wußte, wie sich ein Gespräch entwikkeln würde. Da war er nun bei mir zu Hause aufgetaucht, so von der Leidenschaft gepackt, daß er auf dem Küchenfußboden mit mir schlafen wollte, und plötzlich zermarterten wir uns die Köpfe über all diese Probleme, und ich bekam richtig Angst, daß er den Mini verkaufen wollte, denn erst als ich den Mund aufmachte, wurde mir klar, wie sehr ich an der Kiste hing, und wie sehr man an allem hängen kann, was zu dem Menschen gehört, den man liebt.

»Ich möchte gern mit dir schlafen«, sagte er und schob eine Hand unter mein Nachthemd.

»Und ich mit dir, bloß erfriere ich gleich. Die Knubbel meiner Gänsehaut sind bald größer als meine Brustwarzen.«

Erst lachte er, dann war er die Besorgnis in Person. Das sei wirklich unverantwortlich von ihm, mich hier in seinem Wagen frieren zu lassen, damit ich mir seine albernen Psychosorgen und -nöte anhörte; er schickte sich gerade an, mich zurück ins Haus zu tragen, als ich merkte, daß ich die Haustür hinter mir zugezogen hatte.

»Du lieber Himmel«, sagte ich, »ich habe die Haustür zugemacht. Wie komm ich jetzt rein?«

Wir beide saßen da wie die Idioten. »Ich kann's nicht glauben«, sagte ich, und er sagte, er könne nicht glauben, daß ich so dämlich gewesen sei.

»Schieb bloß nicht mir die Schuld zu. Schließlich bist du der Volltrottel, der morgens um dämliche drei Uhr Erde gegen mein Fenster geworfen hat.«

»Wie funktioniert die Hintertür? Hat sie ein Schnappschloß?«

»Nein, mit einem Schlüssel und einem Riegel. Den hab ich aufgeschoben, als du ins Haus kamst.«

»Und hast du ihn hinterher wieder vorgeschoben?«

»Weiß ich nicht.«

»Dann mußt du's eben mal probieren.«

»Aber wie soll ich denn zur Hintertür kommen? Da ist immer noch das Tor davor.«

»Ich hab's geschafft«, sagte er. »Was glaubst du denn, wie ich hinters Haus gekommen bin, um mit Steinen zu schmeißen?«

Wir überquerten das von Dad zubetonierte Gartenstück vor dem Haus, neben dem ein Durchgang zur Rückseite des Gebäudes war, den eins dieser hohen, schmalen, mit Kreosot gestrichenen Tore blockierte. Es war von innen mit einem Vorhängeschloß gesichert, und oben war sogar ein Stück Stacheldraht dran – als ob je ein Mensch versuchen würde, drüberzuklettern. Von mir abgesehen.

»Stell deinen Fuß auf die Mauer«, sagte Roger; er meinte die niedrige Mauer um das Nachbargrundstück. »Hände obendrauf, zwischen die Stacheln. Komm, ich hebe dich an. Jetzt den rechten Fuß auf den Einschnitt in der Regenrinne.«

Und da hing ich nun barfuß in meinem Morgenrock von der Oberkante des Tors herunter. Roger schob einen Finger zwischen meinen Beinen hoch und berührte mich dort. »Um Himmels willen!« zischte ich, fast hätte ich gleichzeitig lachen und weinen müssen. Ich hatte mir die Fingerknöchel an der Mauer aufgeschrammt. »Was jetzt?«

»Du suchst zwischen den Stacheln eine Stelle für deinen linken Fuß und schwingst dich rüber.«

Das tat ich und schlug krachend auf der anderen Seite auf, wobei ich unter den Arm einen Riesensplitter abbekam.

»Alles in Ordnung?«

»Sieht aus, als wär noch alles dran«, antwortete ich, was mein Dad immer sagte, wenn jemand fragte, ob er sich wehgetan hätte.

»Dein Hintern sieht von unten große Klasse aus«, sagte Roger von der anderen Seite des Tors.

»Besten Dank.«

Ich sah nach, ob die Tür offen war, was sie war, also schloß ich sie von innen ab, schlich nach oben ins Bad und stieß das Fenster zum Hausdurchgang auf. Da stand Roger, schaute hoch und lachte unter seinem blonden Haarschopf.

»Gute Nacht, Romeo«, sagte ich. Als er verschwunden war, wurde mir klar, daß wir uns – ganz gleich, warum er mich besucht hatte, was ich immer noch nicht so richtig verstand – jetzt viel mehr liebten als vorher. Alle beide.

»Bist du das?« rief meine Mutter leise, als ich über den Flur ging.

»Was denkst du denn?«
Dabei wußte ich, was sie dachte. Sie dachte, daß sie manchmal Brian durchs Haus geistern hörte. Sie dachte, sein Geist käme dorthin zurück. Als ob jemand, dessen Geist noch ganz bei Trost war, freiwillig in die Horn Lane zurückkäme.

Als wir auf der Arbeit zwei Minuten lang allein waren, sagte ich: »Soll das heißen, wenn ich ein Vermögen verdienen würde, würdest du dich liebend gern von mir aushalten lassen?«
»Nein, natürlich nicht.«
In der nächsten halben Minute, als wir im Gang aneinander vorbeigingen, sagte ich: »Ich bin bereit, jedes Risiko einzugehen, Roger. Ganz gleich, ob ich gewinne oder verliere.«
Doch er sagte, ich solle nicht reden wie in einem schlechten Roman.

Roger sagte, an mir gefielen ihm meine schmalen Knie, meine Nasenspitze, wie ich zitterte, wenn er mich auf die Ohren küßte, und daß ich so weich sei, wenn er in mir drinnen komme. Außerdem würde ich so lustige Grimassen schneiden.
Ich sagte, mir gefalle alles an ihm.
Ihm gefiel auch noch, wie ich barfuß lief.
Ich sagte, es sei ein Witz, daß wir seit Mai miteinander schliefen, und jetzt wäre Oktober, doch seine berühmte Vermieterin hätte ich immer noch nicht kennengelernt. Hätte sie denn bisher nie Verdacht geschöpft?

Er antwortete, nur die Bettlaken hätten ihr etwas verraten können, deshalb lege er immer das Handtuch unter uns und wasche es auch selbst.
Als ich zu Hause darüber nachdachte, mußte ich bei dem Gedanken weinen, daß er sogar bei unserem allerersten Zusammensein gut genug vorbereitet war, das Handtuch nicht zu vergessen.

Mr. G schickte Salvatore nach Amerika, damit er Yvonne dabehalten und sie wann immer er wollte zu sich kommen lassen konnte, ohne daß es jemand störte. Das hieß, Roger mußte außer im Satz zusätzlich im Verkauf und Marketing arbeiten, weshalb er nach Dienstschluß im Betrieb blieb, einen Teil von Salvatores Arbeit erledigte und eine Menge Überstundengeld verdiente. Ich hatte dabei das Nachsehen. Sogar mittwochs machte er manchmal Überstunden; freitags auch. Ich gewöhnte mir also an, mit Jackie, ihrem Mann Dereck und deren Freunden in eine Disco in der Nähe der Fulham Road zu gehen.
»Wo steckt er denn, dein berühmter Freund?« sagte Jackie. Beim Tanzen hopsten ihre Brüste in alle Richtungen. Da Dereck immer in den ersten Stock ging, wo es eine Kneipe mit Dartsbrett gab, tanzte sie der Reihe nach mit allen, ganz besonders mit einem großen Burschen namens Ian, der in einer Bank arbeitete, ein stämmiger Kerl mit Bauchansatz. Er trug auch noch einen dieser winzigen Ohrringe, was irgendwie schrecklich komisch aussah.

»Er arbeitet an einem Stück«, sagte ich. »Sie bringen es auf einer kleinen Schauspielbühne.«
»Ach«, sagte sie. »Kommst du auch drin vor?«
»Nein«, antwortete ich.
»Dürfen wir es uns ansehen?«
»Nein«, sagte ich.
»Ich glaub dir kein Wort.«
»Glaub doch was du willst.«
»Das mach ich auch«, sagte sie und zog wieder mit Ian los. Ian lebte anscheinend in Scheidung und konnte etwas Aufmunterung vertragen.
Diese Discos erwähne ich nur, weil ich mich dort so anders gefühlt habe, nämlich gleichzeitig furchtbar und furchtbar aufgeregt. Furchtbar fühlte ich mich wegen Roger, nicht bloß weil er nicht dabei war, sondern weil er im Büro war. Ich konnte ja noch verstehen, wenn er das Opfer brachte, zu Hause zu bleiben, weil er an seinem Stück arbeitete, schließlich war es für ihn wichtig und deshalb auch wichtig für mich. Er hatte mir einige Stellen vorgelesen, die ich wirklich witzig fand. Aber als er in der Firma blieb, empfand ich das als Beleidigung. Außer ihm wollte ich wirklich keine anderen Männer, kein Gedanke, andererseits war ich verärgert, wollte mit anderen Männern tanzen und reden, nur um zu beweisen, daß ich es konnte. Außerdem putzte ich mich auch ein bißchen für die Disco raus. Ich trug so einen schwarzen kunstseidenen Overall, der an den Schultern offen war, schminkte und parfümierte mich stark und föhnte mir eine auffallendere Frisur zurecht, zu der eine große, in die Stirn fallende Locke gehörte – mit all dem

zusammengenommen kam ich mir so sexy vor wie früher nie, bevor ich mit Roger ins Bett gegangen war. Ich glaube, verliebt zu sein bedeutet wohl unter anderem auch, sich selbst zu lieben, zu akzeptieren, sich in seiner eigenen Haut wohler zu fühlen, und dieses Gefühl war mir neu. Ich tanzte viel, sogar langsame Tänze, und ließ mir von allen möglichen Leuten Drinks spendieren, und zwar bestellte ich immer die teuersten, die mir einfielen.

Eines Nachts brachte mich ein gewisser Tony nach Hause. Wie sich herausstellte, war er Arzt, klein, aber recht gutaussehend. Er leistete sein praktisches Jahr im St. Thomas Hospital ab, und als er vor unserem Haus anhielt, stellte er den Motor ab, drehte sich zu mir um und küßte mich. Ich war überrascht und wehrte mich nicht, und er fing an zu fummeln und sagte, wie toll ich sei. Ihn zu küssen war komischerweise genauso wie Roger zu küssen, außer daß dieser Mann ein etwas stoppligeres Kinn hatte.

Er fragte, ob ich mit in seine Wohnung nach Hammersmith kommen wolle. Nach den vielen Drinks und so beschwipst und beduselt, wie ich mich fühlte, rettete mich vielleicht nur, daß ich ganz dringend aufs Klo mußte. Morgen, sagte ich, und aus Gründen, die mir ewig unbegreiflich bleiben werden, gab ich ihm eine falsche Telefonnummer.

Den ganzen nächsten Tag kam ich mir wie ein Idiot vor und blieb ständig im Haus, weil ich dachte, er könnte vorbeigefahren kommen, wenn er merkte, daß die Telefonnummer nicht stimmte. Meine Mutter war stinksauer, weil ich nicht mit ihr Einkaufen

ging, und ich sagte, ich sei krank, was sie bestritt, ich schmachte bloß nach meinem blöden Freund, der es offensichtlich nicht ernst meine, sonst hätte er nämlich den Anstand, sich den Eltern seiner Freundin vorzustellen, und deswegen ruiniere sie sich den Rükken, weil sie den Einkauf für die ganze Woche allein nach Hause schleppen müsse.
»Dafür hast du doch den Einkaufswagen.«
Aber den Einkaufswagen würde sie nicht über den Bordstein auf der anderen Seite der Uxbridge Road kriegen, sagte sie, nicht wenn er voll sei.
Als es Abend wurde und ich dachte, dieser Tony könnte *wirklich* vorbeikommen und erwarten, ich würde ihn in seine Wohnung begleiten – ich hatte mich sogar zurechtgemacht und alles, mit einem flotten cremefarbenen Rock, einer blauen Bluse mit Perlmuttknöpfen, meinem einzigen Spitzenhöschen und den passenden Strümpfen, die ich mir an einem Tag gekauft hatte, als ich so deprimiert war, daß ich mich mit bloßen Fingern am Post Office Tower hätte hochziehen können –, als acht Uhr immer näher rückte, wurde ich plötzlich nervös; ich war mir nicht sicher, ob ich wirklich wollte, daß er kam, also zog ich mir eine Jacke über und ging aus dem Haus. Ich lief so schnell ich konnte die Acton High Street hinunter, mit gesenktem Kopf, als könne jeder vorbeifahrende Wagen seiner sein, dann nahm ich den Bus 217 bis Ealing Broadway und ging zum Haus, in dem Roger wohnte.
Es war ein Doppelhaus, in dem Rogers Zimmer auf der Seite der Auffahrt lag, so daß man zwar sein Fen-

ster erkennen, aber wegen der Vorhänge nicht hineinsehen konnte.
Ich schlich im Halbdunkel die Straße auf und ab, und ein Inder lag unter seinem Auto und steckte ab und an den Kopf hervor, um mich fragend anzuschauen.
Ich klingelte an der Haustür.
Die Vermieterin machte auf, eine Durchschnittsfrau in dünnem Pullover und Freizeithose. Sie war vielleicht vierzig und nicht gerade schlank, mit der Sorte steifer Dauerwellenfrisur, die sich nicht mal bei Windstärke acht bewegen würde.
Ich fragte, ob Roger zu Hause sei.
War er nicht.
Ob sie wisse, wann er wiederkäme?
Wisse sie nicht.
Ich zögerte.
Ob ich seine Freundin sei, fragte sie, was ich verneinte, ich sei nur eine gute Bekannte und wolle ihn zu einer Party einladen.
Sie lud mich ins Haus ein, wo ich auf ihn warten könne, und ich nahm ohne nachzudenken an, so verwirrt war ich. Sie lotste mich in das Wohnzimmer, wo sie gerade bei laufendem Radio bügelte. Und zwar bügelte sie komischerweise Rogers Sachen, fuhrwerkte mit der Spitze ihres Bügeleisens in seiner Unterwäsche herum. Er besaß ungefähr acht identisch gemusterte Unterhosen, die seine Mutter ihm vor seinem Umzug nach London im Sonderangebot gekauft hatte.
Ich setzte mich auf das Sofa, und im Radio erzählten sie, es sei schrecklich traurig, daß irgendwer so jung

verstorben war. Ich glaube, von Mozart war die Rede.
»Sieht er nicht unwahrscheinlich gut aus«, wollte die Vermieterin wissen. »Ich heiße übrigens Betty, nennen Sie mich Betty. Ich finde es ja reichlich merkwürdig, daß er keine Freundin hat, Sie nicht auch? Wenn ich ein bißchen jünger wär, würde ich selbst mein Glück bei ihm versuchen.«
»So gut sieht er nun auch wieder nicht aus«, sagte ich und beobachtete, mit welcher Sorgfalt sie sich einem weißen Hemd widmete.
In dem Moment haßte ich Roger. Ich verspürte eine plötzliche Aufwallung von Wut und Haß. Ich haßte ihn, weil er mich in diese alberne Situation mit seiner Vermieterin gebracht hatte, wo ich behaupten mußte, ich sei nicht seine Freundin – zumal sie nicht die Sorte Frau war, der es etwas auszumachen schien, wenn er Mädchen mit auf sein Zimmer nahm. Ich haßte ihn, weil ihm Leute seine Hemden bügelten und ihn bekochten, ohne daß er ihnen irgendeine Gegenleistung gab. Doch am meisten haßte ich ihn, weil er an einem Samstagnachmittag, wenn er eigentlich über seiner »Arbeit« sitzen sollte, ausgegangen war, ohne sich die Mühe zu machen, herauszufinden, ob ich etwas unternehmen wollte.
Während ich kochend vor Wut dasaß, faßte Betty den Entschluß, mir ihre Lebensgeschichte zu erzählen. Zweimal sei sie schon Witwe geworden, kaum zu glauben, oder? Mit sechsunddreißig! Der erste Mann sei bei einem Autounfall ums Leben gekommen, und der zweite, etwas älter, durch einen Herzinfarkt. Nur

drei Monate nach der Hochzeit, man stelle sich vor! So einen Ruf, zweimal verwitwet zu sein, könne sie nicht empfehlen, sagte sie. Dieser Mann beispielsweise, mit dem sie zur Zeit ausgehe, ausgerechnet ein Steuerinspektor, der sei sehr vorsichtig, sehr. Aber sie selber habe auch ihre Bedenken, klar. Wenn man bloß an den ganzen Aufwand mit dem Umzug und den Möbeln und so weiter dachte – nur damit einem der arme Kerl unter den Händen wegstirbt. Von der Beerdigung ganz zu schweigen. Noch eine Beerdigung zu arrangieren, würde sie glatt ins Grab bringen. Nein, wenn sie noch mal heirate, dann müsse derjenige so viel jünger als sie sein, daß er sie problemlos überlebe. Männer stürben durch die Bank so jung. Merkwürdig, daß man die Frauen das schwache Geschlecht nannte, und dann kicherte sie ein bißchen und widmete sich intensiv dem Zwickel in Rogers grauer Flanellhose.

Auf einmal wollte ich weg. Ich mußte so schnell wie möglich verschwinden und nach Hause spurten, für den Fall, daß Tony auf der Suche nach mir vorbeikäme. Dann würde ich mit ihm ausgehen, bis Mitternacht tanzen, ihn anschließend in seine Wohnung nach Hammersmith begleiten und dort immer und immer wieder mit ihm schlafen.

Ich erhob mich. »Vielleicht sollten Sie ruhig mal Ihr Glück bei ihm versuchen«, sagte ich. »Womöglich ist das genau das Verhältnis, nach dem er sich sehnt.«

Sie sah abrupt von der Hose auf und dachte wohl, ich mache mich über sie lustig, was gar nicht der Fall war. Ich meinte es ernst.

Ich rannte schnell genug zum Broadway zurück, um einen 217 von hinten vorbeirauschen zu sehen – »Nimm die U-Bahn« stand dort auf einem Plakat. Dann wartete ich vielleicht zehn Minuten und mußte daran denken, wie Tony jeden Moment an unsere Haustür klopfen konnte, und meine Mutter würde grob zu ihm sein, in der Annahme, daß er mein Freund war, der sich schon vor Urzeiten hätte vorstellen sollen, als ein großer, metallicfarbener Wagen die Straße überquerte, um neben mir am Bürgersteig zu halten, und Roger die Scheibe runterrollte.
»Steig ein, Baby«, sagte er mit getürktem amerikanischen Akzent. »Willste 'ne Runde drehen?«
Er saß in einem Passat.
Offenbar hatte er seit Menschengedenken auf das Ding gespart, bis es mit Hilfe seiner Überstunden endlich geklappt hatte. Sollte selbstredend nie wieder vorkommen.
»Was hast du denn mit dem Mini gemacht?« Wir kämpften uns gerade durch Ealing in Richtung Nordring.
»Hat mir der Händler hundert Piepen für gegeben.«
Für hundert Piepen hätte ich ihn vielleicht selbst gekauft, dachte ich.
Wir waren gerade auf halber Strecke die Hanger Lane hoch, als er die Kiste plötzlich neben einer Telefonzelle am Straßenrand anhielt.
»Du rufst besser deine Eltern an«, sagte er.
Weil wir nämlich heute nacht nicht nach Hause führen. Nein, wir führen über Nacht in sein altes College nach Cambridge. Um zu feiern.

So eine große romantische Geste sah Roger ähnlich. Für einen kurzen Moment kam er aus seiner Höhle gekrochen und wollte mächtig Furore machen. Da er Geld und Sicherheit haben wollte, mußte er im Büro arbeiten, und er wollte ein intelligenter Mensch und erfolgreicher Autor sein, da Schreiben das einzige war, was er wirklich bewunderte, und da er nicht akzeptieren konnte, daß er nicht selbst etwas ganz Besonderes und Bewundernswertes war, mußte er eben schreiben; andererseits wollte er aber auch das Gefühl haben, als lebe er sich so richtig aus, daher mußte er beispielsweise sein Geld für ein Auto verschwenden, das er nicht brauchte, und mich zu romantischen Ausflügen entführen.
Und so wurde ich schwanger.

Ich hasse es, wenn Leute in Büchern und Filmen schwanger werden und man nicht so recht begreift, warum – warum sie keine Verhütungsmittel benutzen, meine ich. Es kommt einem alles so unsinnig vor. Daher werde ich Ihnen genau erzählen, wie es mir passiert ist.
Als wir zum ersten Mal miteinander schliefen, damals, als wir in sein Zimmer gerast sind, hatten wir gar nichts benutzt, weil alles so dringend war und so leidenschaftlich und überhaupt; am Monatsende waren wir dann beide völlig panisch und nervös, doch dann kam meine Periode Gott sei Dank ein paar Tage zu früh.
Ich hatte mir vorgestellt, daß ich die Pille nehmen würde und damit wäre die Sache erledigt. Aber Ro-

ger sagte nein, auf gar keinen Fall, die Pille sei nämlich gefährlich. Roger las in den Zeitungen so ziemlich alles und erklärte, die Pille würde die Wahrscheinlichkeit, daß ich in mittleren Jahren an Gebärmutterhalskrebs erkranke, um ungefähr dreißig Prozent erhöhen und es mir möglicherweise erschweren, ein Kind zu bekommen, wenn ich eins wolle, und diese Verantwortung könne er nicht übernehmen. Ich solle also etwas anderes nehmen, aber weder Diaphragma noch Spirale, da beide genauso schlimm seien. Sie förderten das Entstehen von Wucherungen. Er könne den Gedanken nicht ertragen, daß er mir das Risiko aufbürde, Wucherungen zu bekommen. Wir fuhren also zum Familienplanungszentrum von Acton, das – ausgerechnet – in der Klosterstraße lag, und Roger sagte, das müsse er in seinem Stück unterbringen. Er parkte und sagte, er würde im Wagen warten, während ich mich beraten lasse. Ich ging zur Klinik am Ende der Sackgasse, und auf dem Weg dorthin sah ich, daß in sämtlichen parkenden Wagen jeweils ein Mann saß, der an seinen Nägeln kaute, in der Nase bohrte oder eine vernünftige Radiostation suchte. Im Gebäude waren nur Frauen.

Wenn ich nichts von den oben erwähnten Dingen wolle, gäbe es noch Schaum und Kondome, sagten sie mir; aber Kondome wollte ich auch nicht. Warum, weiß ich nicht, aber Kondome hatten für mich etwas Schmutziges. Das machte bereits der Gedanke an diese Dinger, allein schon ihr Name und Geruch, doch am meisten, daß man sie überall rumliegen sieht, so daß Sex irgendwie zum Abfall und zu den

Zigarettenkippen im Rinnstein zu gehören scheint. Die fielen also flach, sagte ich. Darauf zuckten sie die Achseln, zwei affektierte Frauen in mittleren Jahren und eine winzige Inderin.

Was ich nun machen solle, fragte ich. Roger hatte nämlich so viel von diesen anderen Methoden erzählt, und daß er nicht die Verantwortung übernehmen wolle, wenn ich sie benutzte, daß ich das Gefühl hatte, mir blieb nur noch die Wahl zwischen fiesen Gummidingern, Enthaltsamkeit oder Schwangerschaft. Für mich kam nichts davon in Frage.

Da piepste die kleine Inderin los, ganz inoffiziell und ohne etwas zu versprechen oder irgendeine Verantwortung zu übernehmen, wenn man nichts als Schaum verwende, und zwar genug davon, sei er vermutlich genausogut wie alles andere. Die mittelalterlichen Mittelklassefrauen runzelten die Stirn und wollten offensichtlich Einwände erheben, doch ich bedankte mich und ging sofort, drei kostbare kleine Packungen von dem Zeug umklammernd.

Roger erklärte, wenn sie das gesagt hätten, sei er einverstanden. Über Schaum hatte er nichts in den Zeitungen gelesen. Dann fuhren wir nach Hause.

Unterwegs nach Cambridge fuhr er mal schnell und mal langsam, blendete ab und wieder auf und ließ das Lenkrad los, um zu testen, ob der Wagen die Spur hielt. Anstatt auf der Autobahn zu bleiben, bog er bei Ware auf eine kleine Landstraße ab, weil er herausfinden wollte, wie das Fahrverhalten in schwierigen Kurven und bei solchen Sachen sei, sagte er. Ich be-

trachtete seine blonden Haare, die gerade Nase und die an seinem Hals hervortretende Ader, als er an einer engen Biegung den dritten Gang einlegte. Er sah sehr gut aus, Roger, ein ausgesprochen gutaussehender Mann, als habe sich Gott bei seiner Herstellung große Mühe gegeben, und ich dachte, was war ich doch für ein Blödian, daß ich noch vor ein paar Stunden so mir nichts dir nichts mit Doktor Tony durchgebrannt wäre. Beinahe verspürte ich Schuldgefühle.
Als wir in Cambridge ankamen, waren alle Pubs geschlossen, daher fuhren wir direkt in die College-Bar, wo, wie er sagte, sein bester Freund Neville auf ihn warte. Neville habe vor drei Jahren mit ihm zusammen studiert, sei aber auf der Uni geblieben, um über Lyrik des achtzehnten Jahrhunderts zu promovieren, und als wir ihn in der Bar – lauter Neonröhren und Bierlachen – trafen, stritten sich die beiden sofort darüber, wer von ihnen das Richtige getan habe. Neville war mager und hochaufgeschossen, hatte schütteres Haar und braune Glupschaugen und rauchte eine Pfeife, die immerzu ausging. Er sagte, Roger habe sich kompromittiert, indem er die Stellung in einem Büro annahm, was gleichbedeutend damit sei, seine Talente zu prostituieren (Neville glaubte nämlich, Roger wäre ein erstklassiger Kritiker geworden), und Roger sagte, Neville habe dagegen nichts weiter getan, als die vom Leben gebotene Herausforderung auszuschlagen, und sich in einem Kloster vergraben.

Dabei fiel mir die Klosterstraße ein und daß ich vergessen hatte, den Schaum mitzunehmen. Und dies war die erste ganze Nacht, die wir zusammen verbrachten.

Ich stieß Roger ans Knie, aber sie redeten gerade über die BBC, ob der Sender das viele Geld für die Shakespeare-Neuverfilmung hätten ausgeben sollen, und Roger sagte, die BBC sei weitgehend für die heutige kulturelle Malaise in England verantwortlich, und Neville stimmte ihm, glaube ich, zu, aber mit gewissen Einschränkungen, weil er ein Essay über Dryden für das dritte Programm geschrieben hatte, das auch gesendet worden war, auch wenn es anscheinend keiner gehört hatte. Von Zeit zu Zeit fragte er mich, ob ich noch was zu trinken wolle.

Gegen Mitternacht gingen wir auf unser Zimmer. Neville hatte Roger eins der Gästezimmer reservieren lassen, doch da er von meiner Anwesenheit nichts wußte, hatte er nur ein Einzelbettzimmer reservieren lassen.

»Wir werden's überleben«, sagte ich, und es kam mir vor, als wäre das mein erster Satz des ganzen Abends. Allerdings war das Bett sehr einzeln.

Als ich das Roger gegenüber erwähnte, meinte er, nur keine Sorge, wenn wir nicht miteinander ins Bett gehen könnten, würden wir eben irgendwas anderes Aufregendes unternehmen, und zog seine Jacke wieder an.

»Zum Beispiel?«

»Wart's ab. Komm mit«, und schon waren wir die Steintreppe wieder hinunter und über den Rasen gelaufen, während über Türmen und Kaminen der Halbmond durch vereinzelte Wolken zog.

Wir stiegen ins Auto, fuhren zum Fluß, parkten und gingen zu Fuß weiter. Als wir eine Brücke überquerten, blieben wir stehen und küßten uns endlos lange und ich spürte, wie ich dahinschmolz. So war das eben mit Roger und mir, und zwar bis zum Ende, wenn wir uns berührten, war das wie ein Feuer. Dann konnte ich an nichts anderes mehr denken.

»Wir gehen Nacktbaden«, sagte er.

»Du tust was?«

Wenn er sich nicht abkühle, ginge ihm in der Hose einer ab, sagte er.

Es war zwar ziemlich warm, doch ein wenig nieselte es, und um uns her war es düster und raschelte überall. Ich hielt ihn lächelnd umklammernd und sagte, er sei bescheuert.

»Nein, komm schon.« Er überquerte die Brücke, schlüpfte durch zwei Stacheldrähte und lief über eine Art Wiese. Ich hinterher. Ich trug immer noch den schicken cremefarbenen Rock und die blaue Bluse mit Perlmuttknöpfen, die ich für den Fall angezogen hatte, daß Tony mich überredet hätte, die Nacht mit ihm in seinem Bett in Hammersmith zu verbringen, und meine hochhackigen Schuhe versanken im Boden wie in Butter. Ich spürte, wie der Schlamm über den Rand floß und meine Strümpfe durchtränkte.

Roger war wohl leicht beschwipst. Er hatte um die drei Halbe getrunken, was bei ihm selten vorkam, und zog sich direkt am Wasser aus. Am anderen Ufer erstreckte sich eine ausgedehnte Rasenfläche bis zu einem langen niedrigen Gebäude, in dem nur vereinzelte Lichter brannten und vor dessen Mauern man

gelegentlich eine Gestalt vorbeigehen sah. Wegen der Dunkelheit und den Zischgeräuschen des vorbeiströmenden Wassers war es wirklich etwas unheimlich. Wäre ich allein gewesen, hätte ich mich bestimmt zu Tode geängstigt.
»Deine Hose ziehst du nicht aus«, sagte ich.
Doch er tat es. Wie er da stand, sah er vor dem Hintergrund des dunklen Flusses sehr blaß und weiß aus, und dann kam er auf mich zu und umarmte mich, preßte sich nackt gegen meinen Rock und die Bluse, und sein Ding war knochenhart. Dann wollte er mich ausziehen.
»Ich kann meine besten Klamotten nicht in den Matsch legen, Roger.«
Er sagte, ich solle sie in seine Jacke wickeln. Er schob meine Bluse von den Schultern, nahm mir den BH ab, küßte meine Brüste. Nichts durfte ich selbst tun, und ich kam mir blaß, verwundbar und gänsehäutig vor, wie ich da nackt in der Landschaft stand, wo es nach Regen roch, und immer nackter wurde. Aber es war auch so, so aufregend.
Er kam zu meinem Spitzenhöschen, das er ebenfalls auszog - genauso, wie es Doktor Tony sehr wahrscheinlich getan hätte, wenn ich ihm die richtige Telefonnummer gegeben hätte, oder er rechtzeitig im Auto vorbeigekommen wäre.
Wir umarmten uns.
»Los, komm schon.«
»Du willst doch nicht wirklich da rein.«
»Warum nicht?«
»Wie sollen wir denn wieder trocken werden?«

»Wir nehmen meine Klamotten. Außerdem sind wir in zwei Minuten im Zimmer.«

Dann drehte er sich um und sprang kopfüber ins Wasser.

Ich ging zum Ufer zurück, wo ich mich hinhockte; sein blonder Kopf tauchte im dunkel dahinfließenden Wasser auf.

»Steh auf, damit ich dich sehen kann«, sagte er.

Ich richtete mich kurz auf, meine Brustwarzen steif vor Kälte und Aufregung, mein bloßer Hintern von einem Lüftchen umweht, und kam mir so auffällig und albern vor, wie ich da stand, und es brauchte nur jemand auf dem Weg am anderen Ufer vorbeikommen, daß ich einfach nur noch in den Fluß springen konnte.

Das Wasser fühlte sich glatt und voller Grünzeug an; auf dem Boden lag fünfzehn Zentimeter tief der Schlamm, den man zwischen den Zehen mit Kiesstückchen nach oben quetschte, wenn man sich hinstellte. Wir traten Wasser und versuchten, uns zu küssen. Unsere Haut fühlte sich an wie Gummi, wenn wir uns aneinanderrieben. Das sei vielleicht eine Methode, um den Geschlechtsverkehr zu verhindern, sagte er. Seiner sei auf Erbsenschotengröße geschrumpft. Ich faßte ihn unten an, und er berührte mich überall. Das hatte weniger mit Erotik zu tun als damit, daß es seltsam und etwas Neues war, so im Wasser zusammen zu sein. Ein Flugzeug flog über uns weg, und wir traten Wasser, um es besser beobachten zu können. Dann schwammen wir ein wenig auf und ab, was mir am besten gefiel, wie sein blonder Kopf neben mir hin und her tanzte, lachte und Wasser spuckte, als wären zwei fröhliche Menschen auf einer gemeinsamen Reise. Dies war nämlich das erste Mal, daß wir zusammen etwas *unternommen* hatten, abgesehen von Arbeiten oder miteinander Schlafen.

Wir schwammen zurück und kletterten ans Ufer. Ich trocknete mich ein wenig mit seiner Jeans ab, die rauh war und weh tat, und da ich noch feucht war, konnte ich nicht richtig in meine Kleider schlüpfen. Er störte mich dauernd und wollte mich küssen, kniete sogar im Matsch nieder und küßte meine Schamhaare, was ich unterband. Ich war völlig verfroren. Als ich auf einem Bein stand, um meine Strümpfe anzuziehen, versank ich bis über den rechten Knöchel im Schlamm, und auf dem Weg zurück ins College umarmten wir uns, zitterten und kicherten wie ein paar Vollidioten.

Danach wußte ich, was passieren würde. Ich konnte es einen Kilometer gegen den Wind riechen – sobald wir ins warme Zimmer und das warme Einzelbett kamen, uns umarmten und das Blut wieder zirkulierte, mußten wir einfach miteinander schlafen, wir konnten gar nicht anders: Er war wieder in der Stimmung, in der er sich ausleben wollte, und ich war einfach von Liebe überwältigt.

Er sagte: »Deine Tage sind doch gerade erst zu Ende, stimmt's?«

»Montag war letzter Tag«, sagte ich.

»Dann kann bestimmt nichts passieren.«

Ich wüßte es nicht, sagte ich, und dann machten wir's

eben. Es ohne alles zu machen war viel aufregender, und ich liebte ihn so sehr und hatte zum erstenmal das Gefühl, daß er mich auch liebte. Wir liebten uns zweimal und schliefen die restliche Nacht eng aneinandergekuschelt. Merkwürdig, aber ich kam mir irgendwie religiös vor, sogar heilig, und wie ich so neben ihm lag, sprach ich ein Gebet und meinte es ernst.

Am nächsten Tag war seine Stimmung schwarz. Er war übel gelaunt, reizbar. Gegen Mittag erklärte er, er wolle nicht den ganzen Tag in Cambridge bleiben. Es sei Zeitverschwendung; er wolle nach Hause. Er habe vor dem Abend noch furchtbar viel zu tun. Eine Szene wolle er umschreiben, und in der Glotze müsse er sich was ansehen.

Den ganzen Rückweg über blieben wir auf der Autobahn, und ich sagte unterwegs zu ihm: »Du bist wie Jekyll und Hyde, weißt du das?«

Worauf er sagte, das wisse er, schon richtig, aber so sei's nun einmal, was solle er machen? Er ballte und öffnete die Hände am Lenkrad, das mit schwarzem Leder bezogen war, und wenn er nicht schalten mußte, schob er sich die linke Hand ins Haar.

Er war wie Dr. Jekyll und Mr. Hyde, er liebte mich, und er liebte mich nicht. Er war gern mit mir zusammen, aber es befriedigte ihn nicht. Es machte ihn nicht zu dem Menschen, der er immer sein wollte. Sein Ehrgeiz war zu einer Gewohnheit geworden, die mich ausschloß. In seinen Plänen war ein anderes Mädchen vorgesehen, unglaublich intelligent, unab-

hängig und ohne irgendwelche Ansprüche. Eine Frau, die sich an seinen Diskussionen mit Neville über Strukturalismus beteiligte, und die nach dem Liebesspiel nicht betete.
Als er den Nordring verließ, sagte er finster: »Du hättest dich in einen anderen verlieben sollen.«
»Tausend Dank.«
»Die Verantwortung ist zu groß.«
Und ich sagte: »Leck mich doch am Arsch, Roger Cruikshank, du und deine beschissene Verantwortung.«
Wenn ich so fluchte, war er immer schwer geschockt. Roger rechnete nie damit, daß sich andere Leute überraschend verhielten. Er dachte, er hätte alle im Griff. Mich ganz besonders.
»Das verstehst du nicht«, sagte er.
Doch da irrte er sich. Er ließ die Wände seines Zimmers kahl, und sein Leben wollte er auch kahl lassen. Damit er nicht in eine Falle geriet, damit er keinem wehtun mußte, wenn er ein Bild runterriß und ein anderes aufhing. So war es, er wollte nicht, daß irgendwas geschah, bevor er nicht ganz sicher wußte, daß es das Richtige war. Er wollte nicht, daß das Leben wirklich ablief, ohne seine Genehmigung.
Andererseits war er nun an mich geraten.
»Dann verpiß dich doch«, sagte ich.
Er hatte den Wagen in der Horn Lane abgestellt.
»Was?«
»Verpiß dich. So laß ich mich von dir nicht behandeln. Ich will dich nie wiedersehen.«
»Anna!«

Ich stieg aus dem Wagen und knallte die Tür zu.
Mum aß Pralinen und sah sich im Fernsehen Werbung an.
»Gestern abend kam so'n Bursche vorbei«, sagte sie und beäugte mich mampfend.
»Eher klein, dunkelhaarig?«
»So isses.«
»Sollst du mir was ausrichten?«
Aber er hatte nichts ausrichten lassen.
Am nächsten Tag bügelte ich meine Arbeitsklamotten, gönnte meinen Haaren eine Hennapackung und säuberte, feilte und lackierte meine Fingernägel. Ich untersuchte einen Fleck unter meinem Kinn, schaute meinen letzten Bankauszug an und rasierte mir die Achseln. Doch bei uns zu Hause vergeht die Zeit langsam, und schließlich konnte ich nur noch daliegen und bis Montag heulen. Ich liebte ihn, aber sein Fußabtreter wollte ich nicht sein. Schließlich lebte er zur Zeit sein Leben so wie er es wollte, und Kompromisse machte er keine. Ich kaute auf meinen Lippen herum, weinte so lange, bis ich richtig häßlich war, und gegen neun Uhr abends huschte ich durchs Wohnzimmer, während Mum und Dad in der Küche ihren Kakao schlürften, und ging durch die West Churchfield Street, um beim Zeitungshändler die Anzeigen zu lesen. Basteln, Bauchtanzunterricht, Einzimmerapartments...

In einem Fernschreiben von Mr. Gs Tochter Diane stand, sie käme mit Salvatore nicht zurecht, weil er sie ständig herumkommandiere und versuche, ihr alle Kunden abzujagen. Alle sahen den Schrieb, wenn sie unten für fünf Penny ihre Giftbrühe holten, und Jonathan organisierte sogar eine Lotterie mit fünfzig Pence Einsatz, bei der man den Tag tippen mußte, an dem Salvatore nach Hause zurückbeordert werden würde, aber Mr. Buckley bekam Wind davon und sagte, noch so ein Scherz, und Jonathan flöge im hohen Bogen raus. Er informierte Mr. G telefonisch, es sei kein gutes Verfahren, solche Mitteilungen für jeden sichtbar über den Fernschreiber zu schicken. Aber Mr. G dachte, Mr. Buckley habe etwas an seiner Tochter auszusetzen und explodierte und sagte, er solle mitsamt seinem Öffentlichen-Dienst-Gewäsch von wegen gutes Verfahren oder schlechtes Verfahren zur Hölle gehen, so daß Mr. Buckley eine ganze Woche lang mit einem Gesicht rumlief, als hätte ihm jemand einen Schürhaken hinten rein geschoben.
Gleich am nächsten Montag kam Salvatore zurück, und statt seiner schickte Mr. G Roger. Das kam so überraschend, daß wir für unseren Abschied nur noch zehn Minuten an der Ecke Horn Lane und Acton Vale hatten, und das Auto stand im Stoßverkehr halb auf dem Bürgersteig, und er beteuerte hartnäckig, zum Heulen bestände gar kein Grund.
»Anna«, sagte er und gab mir einen Kuß, und bevor sich die Schleusen öffneten, stieg ich rasch aus und ergriff die Flucht.
Auf dem Nachhauseweg machte ich bei Wulle halt,

um eine Ansichtskarte zu kaufen, die *Die Trennung* hieß und auf der ein Paar aus dem vorigen Jahrhundert neben einer Pferdekutsche stand und sich küßte. Es war das einzige Teil von Bedeutung, was sie hatten. Ich adressierte die Karte an seinen zukünftigen Aufenthaltsort in Amerika und schrieb:
»Roger, ich weiß, bei unserem Abschied konntest Du es kaum erwarten abzureisen.«
Und weiter:
»Aber was Du mir bedeutest, läßt sich nicht in Worte fassen. Was auch immer geschieht, vergiß nicht, daß ich Dich liebe, Roger.
Gott segne Dich, Anna.«
Warum ich »Gott segne Dich« schrieb, weiß ich nicht, und kaum hatte ich das Ding eingeworfen, spürte ich, daß es ein großer Fehler gewesen war und seine Meinung bestätigen würde, wonach ich ein Weichling war, manipuliert von dem Müll, den ich las.
Er würde nie begreifen, daß ich wirklich wünschte, Gott möge ihn segnen.
Kurz vor Ladenschluß kaufte ich im Drogeriemarkt einen Schwangerschaftstest.

Ich werde Teile aus seinen Briefen zitieren. Natürlich habe ich sie alle aufgehoben und mit ein paar gelben Bändern verschnürt. Genau das hätte ich besser lassen sollen, denn als er zurückkam und sie entdeckte, legte er los, ich wolle nichts weiter mit ihm machen als ihn in Kinkerlitzchen und Sperenzchen einbinden, ihn leblos machen und wie einen verschnürten Teddybär mit ins Bett nehmen. Briefe seien Fragmente, keine Dokumente, sagte er, und deshalb halte er oben immer Uhrzeit und Datum fest.

8. April, Mitternacht

Liebe Anna,
dieses Land ist ungeheuerlich. Ich kann es kaum glauben. Weil wir es schon millionenfach auf dem Bildschirm gesehen haben, klingt es wahrscheinlich abgedroschen, aber ist man wirklich hier, sind die Ausmaße, die Ausdehnung des Landes und die turmhohen Gebäude wunderbar belebend. Wie eine Herausforderung wirken sie, wie Denkmäler des Ehrgeizes, als hätte man eine Million Türme zu Babel errichtet als Herausforderung für jedermann, sie doch abzureißen, wenn er sich traut. Das alles hat mir neue Hoffnung gegeben, das Gefühl, so lebendig, energiegeladen zu sein wie seit der Uni nicht mehr, und schon am ersten Abend habe ich mich hingesetzt und geschrieben. Mit das beste, was ich je geschafft habe. Das Büro liegt im sechzehnten Stock, mit Blick über die Stadt, die glitzernd daliegt, wie ein weites Meer von Wohlstand und Aktivität, so weit das Auge reicht. Man bekommt Lust, sich sofort hineinzustürzen und loszulegen. Ich hatte sogar das Bedürfnis, mit der Arbeit anzufangen, auf die Leute einzureden, ihnen weiszumachen, PP sei der beste Laden der Welt. Ob es stimmt oder nicht ist egal (in Wirklichkeit ist es dummes Zeug), auf die Geste kommt es an, sich in die Schlacht zu werfen, du gegen die anderen, der Spaß an der Auseinandersetzung, eine Art mittelalterliches

Turnier. Zum erstenmal betrachte ich diesen Job als etwas Nützliches, das mir wirklich beim Schreiben behilflich sein kann, und sei es auch nur, daß ich herausfinde, wie diese Menschen funktionieren, um sie aufs Papier zu bannen. Einiges habe ich schon an eine hiesige Agentur geschickt. Daumen drücken. Irgendwie *weiß* ich, daß ich es schaffe, und wenn ich's schaffe...

Diane ist verrückt. Sie trägt knappe Häkelpullover ohne BH drunter an und gibt allen Kunden grünes Licht. Sie vögelt bestimmt mit hundert von ihnen auf einmal. Verständlich, warum sie mit Salvatore nicht klargekommen ist: Beide sind zu überspannt und extrovertiert. Ich spiele Mr. Gewissenhaft-lernwillig-sag-du-mir-wo's-langgeht (obwohl sie jünger ist als ich), und sie behandelt mich wie ein Hündchen. Ziemlich frustrierend das Ganze, aber irgendwann mach ich sie schon noch zur Schnecke. Den Dominanzkomplex hat sie von ihrem Vater. Fehlgeleitete Kreativität, nichts als Energie ohne philosophischen Unterbau, daher erschlägt sie jeden Tag von neuem Riesen, ohne Gespür dafür, wie begrenzt die ihr noch verbleibende Zeit ist, wo sie sein wird, wenn sie erstmal 60 ist, oder wofür man leben könnte. Gar nichts. Sie ist im Augenblick gefangen, auch wenn sie dort das Zepter schwingt. Nichta als Power, keine Reflektion.

Allerdings sind die Leute generell hier so ganz anders. Damit meine ich nicht in ihrem Innersten, sondern in ihren oberflächlich sichtbaren Eigenheiten. Nehmen wir beispielsweise Caesar, unseren Portier, er...

Das klang überhaupt nicht, als würde er mir schreiben. Es waren sehr lange Briefe, doch in ihnen stand nichts, was direkt an mich gerichtet war. Sie lasen sich eher wie Essays. Es fehlten Formulierungen wie: »Weißt Du noch, wie...« oder: »Wenn ich wiederkomme, werden wir...«
Ist es denn rührselig, wenn man von einem Mann erwartet, »Weißt Du noch, wie...« zu schreiben, damit man am Morgen ein wenig fröhlicher zum Bus gehen kann?
Er tippte sie auf firmeneigenem Briefpapier (Roger klaute nämlich immer Büropapier für seine eigene Arbeit, das sei eine seiner wenigen Vergünstigungen, sagte er), und ich fragte mich, ob er vielleicht auch Durchschläge machte, wie von seinen Briefen an Neville, die, wie er mir sagte, so etwas wie kritische Analysen seien, und er brauche sie zum Nachschlagen.
Ich mußte daran denken, daß ich im ganzen Leben noch keinen Riesen erschlagen hatte und beim besten Willen nicht wußte, wo ich mit sechzig sein würde; sehr wahrscheinlich irgendwo zwischen Ealing und Shepherd's Bush.
Doch das Leben war für die Liebe da.
Ich fühlte mich auf Eis gelegt.

Vielleicht sollten wir uns trennen, Roger, bevor es zu spät ist. Ich spüre, wie weit weg Du bist. Manchmal fühle ich mich innen drin so leer.

Ich kam heulend ins Büro, und Jonathan war sehr nett, spendierte mir zum Mittagessen einen Drink und erzählte lauter Witze, die ich schon aus der *Benny Hill Show* kannte. Er sagte, ich hätte einen ganz schönen Venushügel, und ich sagte, er sei ganz schön dreist.

Wirklich, es ist unglaublich elementar. Das ist, glaube ich, das richtige Wort. Wie soll ich es erklären? Man hat das Gefühl, sich direkt im Inneren einer Maschine oder eines lebenden Organismus zu befinden. Will sagen, man spürt, wie um einen her die Energie pulsiert. Überall pendeln Baukräne, Taxis preschen durch Schlaglöcher. Jeder hat es eilig, jeder ist irgendwohin unterwegs. Es ist so unmittelbar. Vielleicht sind die Leute deshalb so freundlich. Für Zurückhaltung und solchen Quatsch fehlt die Zeit – »Ich grüße Sie, Mrs. Cledwyn- Jones, wenn ich mich nicht irre, liegt ein wenig Frost in der Luft« –, dieses Gewäsch in England, bei dem man am liebsten kotzen würde. Nein, hier muß man gleich das Eis brechen und die Leute kennenlernen, ehe sie wieder fort sind. Hier ist nämlich jeder auf Achse, jeder...

Anscheinend wohnte im Apartment gegenüber von ihm eine geschiedene Frau, Natalie, die ihn gleich nach seiner Ankunft zum Abendessen eingeladen und ihm ihre ganze traurige Lebensgeschichte aufgetischt hatte. Sie arbeitete in einer Bar und studierte gleichzeitig Kunstgeschichte, was Roger bewundernswert fand, da Kunst und Leben einander durchdringen sollten, was Neville eben nicht begriffen habe, der ja in Cambridge geblieben war, wo er

einfach zu einer Art Skelett aus akademischen Konzepten versteinere, denen auch das letzte Quentchen Fleisch und Blut fehle.
Fleisch und Blut. Diese Natalie hätte ich umbringen können. Ich konnte Rogers verzweifelt ernsthaftes Gesicht vor mir sehen, während er am Tisch mit ihr sprach, so klar formulierte, die Hand in seinem blonden Schopf vergraben, seine Haut so hell, seine Augen so hell, so wundervoll geschaffen, wie er leicht an seinen Vorderzähnen kratzte, wie sie dasaßen und die Mikrowellenhamburger dieser Person aßen, während er ihr erklärte, Kunst und Leben sollten einander durchdringen und auch er habe das Gefühl, die Ehe sei eine Falle.
Was würden Sie tun, wenn Sie eine geschiedene Frau wären und Roger ganz erwartungsvoll und frisch zum Essen käme? Ihn verführen. Fleisch und Blut.

P.S. Warum um alles in der Welt schreibst Du was von Trennung? Du fehlst mir wirklich, Anna. Wie gern würde ich Dir hier die Stadt zeigen. Warum kommst Du im Sommer nicht mal auf einen kurzen Trip rüber? Mit dem Flugzeug sind es bloß sieben Stunden.

Ich begriff diese Briefe nicht. Es war, als zeigten sie in alle Richtungen gleichzeitig. Ich mußte auch an Brian denken, der im selben Rennen auf fünf Pferde wettete, damit er auf jeden Fall einen Gewinn machte.
War ich sein Sicherheitsnetz oder vielleicht sein langfristiges großes Los?

Er verwendet in seinen Briefen sogar schon amerikanische Ausdrücke: »Auf einen kurzen Trip«, also wirklich!
Manchmal kam ich mir unendlich viel älter als Roger vor und wie unendlich mehr Fleisch und Blut.
Das Schlafengehen abends war furchtbar.
»Meine kleine verlorene Seele!« sagte Salvatore. »Meine Lieblingsdatentippistin – und ich dachte, du wärst ein wenig fröhlicher geworden.«
Beatrice sagte, sie wolle ja nicht sagen, daß sie mir das prophezeit habe.
»Falls du interessiert bist: Ian kann immer noch ein wenig Aufmunterung gebrauchen«, erinnerte mich Jackie, eine Anspielung auf den geschiedenen Schmerbauch aus der Disco. Sie hatte das perfekte Cheshire-Katzengrinsen aufgesetzt.
Jonathan sagte, er würde mir fünf Pfund geben, wenn ich ihn meine Brustwarzen zwicken ließe.

Am Bankfeiertag fuhr ich nach Cambridge, wo ich Neville aufsuchte und ihm verriet, daß ich schwanger war.
»Im dritten Monat«, sagte ich.
Es war, als würde man wegen schlechter Noten zum Rektor geschickt. Er hatte ein rundum holzgetäfeltes Zimmer. Bücher, alte lederbezogene Möbel, einen abgetretenen Axminster-Teppich, und es roch durchdringend nach Pfeifenrauch.
Neville war mager und nervös und trug diesmal eine

Brille vor seinen Glupschaugen. Er ging hektisch auf und ab, wobei er sich die Hände wie zum Beten unter die Nase hielt, während ich ohne den Mantel auszuziehen in den Sessel sank. Ein Gasfeuer brannte, und die Luft war muffig.

»Ich kann's nicht fassen«, erklärte er zum hundertsten Mal. »Unglaublich«, und dann fragte er mich, ob ich je *Die Mühle am Fluß* gelesen hätte.

Nein. Meine Mutter hatte während der zweiten Folge abgedreht.

»Die Sache ist die: Du mußt es Roger mitteilen«, sagte ich. »Ich kann's nämlich nicht.«

»Oh.«

Ich stand auf.

»Sag ihm, ich bin schwanger, will ihn aber nicht unter Druck setzen. Er kann tun, was er will. Darum sollst du's ihm schreiben, nicht ich.«

»Aber willst du denn nicht, ähem... Ich meine, die Krankenkasse würde...«

Mit beiden Zeigefingern kniff er sich in die Nase, dann bückte er sich unvermittelt und kratzte einen weißen Knöchel. Als er sich aufrichtete, mußte er sich die Brille wieder auf die Nase drücken.

»Abtreiben kommt nicht in Frage.«

»Hmmm.«

Als wäre ich eine Studentin, die etwas gesagt hatte, womit er nicht einverstanden war.

»Außerdem solltest du ihm meine neue Adresse schicken. Hast du einen Zettel?«

Ich beugte mich vor und schrieb auf ein Blatt Papier mit Briefkopf, in das oben ein Wappen geprägt war.

»Würdest du gern...äh...zum Essen bleiben? Wir können in den Speisesaal gehen. Einmal pro Woche darf ich einen Gast mitbringen.«
Ich lehnte ab.
»Schreib ihm, was mich betrifft, ich liebe ihn. Aber ich möchte ihn nicht unter Druck setzen.«
»Nein«, sagte Neville. »Ein weiser Entschluß.« Er lachte leicht nervös. »Schätze, das muß er immer gemeint haben mit ›ins Leben eintauchen‹.«
»Ja, das hat er wohl damit gemeint.«
»Tja, also, wenn ich irgend etwas für dich tun kann...«

Verglichen mit anderen Einzimmerapartments in Acton war die Bleibe, die ich fand, gar nicht so schlecht; ich glaube, als ich dort abends allein herumsaß und nicht einmal einen Fernseher hatte, wurde ich endlich erwachsen. Es ging ungeheuer schnell.
Ich war schwanger. Im Licht, das durch die Milchglasscheibe in der Badezimmertür drang, konnte man den dunklen, kleinen, chemischen Ring ganz deutlich im Spiegel erkennen. Es war kaum zu glauben, doch offensichtlich wurden Leute wirklich schwanger.
Ich hörte mir im Radio das Bildungsprogramm an. So sah das Leben also aus. Zitronengelbes Licht auf verblichenen Tapeten und die vielen Dinge, die man zwischen dem einen und dem anderen Tag machen muß. Ich wusch meine Strumpfhose in der Spüle. Wie sollte ich es meinen Eltern beibringen, wie Mr. G? Was sollte ich tun, wenn er mich rausschmiß? Laut einem Buch aus der Bücherei war das Ding, mein, un-

ser Kind mit drei Monaten kaum mehr als fünf Zentimeter groß. Eine Abtreibung wäre doch kein Problem, oder? In der Setzerei saß eine Schwarze, die eine Abtreibung hinter sich hatte, und die sagte, das ganze Gewäsch über postoperative Depressionen sei Blödsinn. Kaum sei es vorbei gewesen, habe sie sich fit wie ein Frosch gefühlt. Ich weiß noch, daß sie »fit wie ein Frosch« sagte, und ich dachte, das sei aber ein witziger Ausdruck, den sollte ich Roger weitersagen. Er sammelte witzige Ausdrücke.

Aber ich hatte keine Schwierigkeiten, mich zu entscheiden. Warum sollte ich abtreiben lassen und wieder ganz vorn vorne anfangen? So wie ich mich in Roger verliebt hatte, würde ich mich nie wieder verlieben. Zweimal ging so etwas nicht. Wenn es ginge, wäre es nicht so wie es war. Wenn es ginge, würde ich es gar nicht wissen wollen. Außerdem legte ich keinen Wert auf irgendein lauwarmes Arrangement mit einem liebenswürdigen Mann, der nett zu mir war. Ich wollte Roger und sonst keinen, und wenn ich Neville gegenüber behauptet hatte, ich wolle ihn nicht unter Druck setzen, dann nur aus taktischen Gründen, damit er ein so ungutes Gefühl bekam, daß er mich unmöglich in Stich lassen konnte. Wenn er mich im Stich ließ, würde ich ihn umbringen und nie wieder einen anderen lieben. Ich liebte Roger.

Manchmal waren meine Gefühle so heftig, daß sie mir Angst einjagten. Besonders wenn ich nachts aufwachte. Dann hatte ich das Gefühl, ich könnte die ganze Welt in Stücke reißen. Meine Haut schrie auf. Ich brüllte ins Kissen und schlug um mich.

Laut Jackie war ich verrückt. Der Bursche sei ein Mistkerl, und wenn ich sie bloß mit ihm reden ließe, würde sie ihm dermaßen die Leviten lesen, daß ihm Hören und Sehen vergingen. Natürlich würde ich mich wieder verlieben, das ginge allen so. Schließlich sei ich erst einundzwanzig. Ich wüßte noch gar nicht, was ich wolle. Außerdem lasse heutzutage jede abtreiben, wenn ihr Kerl sie nicht heiratete. Oder mit ihr zusammenzog, was die moderne Variante der Ehe sei. Ich *müsse* einfach abtreiben. Sonst sei ich erledigt und würde nie wieder Licht sehen.
»Aber wenn es Schicksal ist?«
Das sei wirklich ein Spitzenwitz, sagte sie, und erzählte ihn brühwarm Beatrice.
Beatrice sagte, in zwanzig Ehejahren – vom Rest ganz zu schweigen – habe sie gelernt, daß es so etwas wie Schicksal nicht gebe. Nur Langeweile.
Mittlerweile arbeitete Beatrice mit der Zigarette im Mund und ließ die Asche auf die Tasten fallen, damit war klar, daß ihre Tage gezählt waren.
Und doch war es Schicksal. Ich bin zwar nicht religiös, wenn man darunter die herkömmliche Kirchenfrömmigkeit versteht, aber amoralisch bin ich auch nicht. Ich glaube, daß alles einen tieferen Sinn hat, oder wenn schon nicht Sinn, dann eine Richtung, einen Fluß, eine Strömung, etwas, das hier anfängt, stärker wird und sich dorthin bewegt, wo es endet. Roger war anderer Meinung, er sagte, das Leben sei absurd und willkürlich, schließlich sei ja der Tod absurd und willkürlich. Der Tod sei absolut sinnlos und wirke sich rückwirkend auf dein ganzes Leben aus,

das er von Anfang bis Ende sinnlos mache; deshalb hatte es Roger auch immer so eilig, weil er jemand darstellen und etwas schaffen wollte, ehe die Willkür ihn einholte. In seinen pessimistischen Phasen stellte er immer Vergleiche zwischen sich und Keats oder Shelley an, die so etwa in seinem Alter schon alles geschrieben hatten und tot waren, und wenn er besserer Laune war, verglich er sich immer mit Golding, der erst mit über vierzig zu schreiben angefangen hatte. Trotzdem, er müsse sich beeilen.

Einmal sagte ich: »Raste nie, doch haste nie«, worauf er aufstöhnte und tat, als schlüge er seinen Kopf gegen die Wand.

Doch es mußte einfach Schicksal sein; und wenn ich abtreiben ließ, wäre ich verirrt und verloren.

Mr. G bestand darauf, mich zum Essen einzuladen, und sagte, wenn ich es ihm doch bloß schon gestern gesagt hätte, da er gerade erst Beatrice gekündigt habe, um Buckley einen Gefallen zu tun, der sich über ihre Unfähigkeit aufgeregt habe.

Ohne mich zu fragen, bestellte er Ente für uns beide und kratzte sich am Bart.

»Buckley ist ein Kretin.«

Wenn ich irgendwelche wie auch immer geartete Hilfe bräuchte, solle ich mich an ihn wenden. Er habe in solchen Angelegenheiten ein wenig Erfahrung, außerdem sei PP eine große Familie, das habe er ja bereits erwähnt.

Dann prustete er los und verschüttete seinen Wein: »Gott, hoffentlich glaubt keiner, ich sei's gewesen!«

Auch ich mußte lachen. Er machte eine Art Feier daraus, lud mich zum Essen ein und spendierte mir Wein, auch wenn im Buch aus der Bücherei stand, so etwas solle man unterlassen. Von allen Leuten, denen ich es erzählte, war Mr. G der einzige, der fragte, wie das Kind heißen sollte, statt eine Abtreibung vorzuschlagen.
Wenn es soweit sei, könne ich drei Monate Urlaub nehmen und anschließend fünfzehn oder zwanzig Stunden die Woche halbtags arbeiten, bis ich das Gefühl hätte, wieder mein normales Pensum leisten zu können.

Es kam noch ein Brief von Roger, der offenbar immer noch nichts von der Neuigkeit wußte.
Er werde langsam ein bißchen zappelig in seinem Büro. Die Sache sei die, ein Autor brauche zwar Erfahrungen, ganz recht, doch schon ein wenig davon halte lange vor. Beispielsweise Proust. Von einem gewissen Punkt an seien neue Erfahrungen überflüssig. Man sei reif. Mit seinen Erinnerungen, sogar mit denen von von Anfang zwanzig, könne er ganze Bände füllen. Alle könnten das, wenn sie nur wüßten wie. Er habe John Updike gelesen und bewundere dessen Beschreibungen. Sie seien so detailliert. Da merke man erst, daß man vorher kaum auf die Gesichter anderer Leute geachtet habe, wie jede Linie, jedes Detail zu ihrem Wesen gehöre, jedes Fältchen, jede Runzel. Bei O'Neill dagegen komme es auf die Stimmen an, in ih-

nen schwinge jede Nuance mit, auch die kleinste Tonschwankung, jedes Zögern (manchmal sage gerade ein Zögern alles). Vielleicht müsse man letztlich mit allen eine Art Liebesverhältnis eingehen, ehe man sie beschreiben oder ihre Stimmen nachahmen könne, man müsse sich von allen den Kopf verdrehen lassen und gleichzeitg kalt wie ein Stein und mißtrauisch wie eine Katze bleiben.

Ich bekam keinen Brechreiz, und da hatte ich wohl ziemlich großes Glück, doch am Abend fühlte ich mich entsetzlich müde und ausgelaugt, hatte Rükkenschmerzen und Seitenstiche; mein Magen krampfte sich zusammen. Ich legte mich der Länge nach aufs Bett und las Rogers Briefe. In seinen Briefen wirkte er so dominierend, so selbstsicher und intelligent.

Ich dachte, um keinen Preis dürfte seine Karriere unter dem Baby leiden. Vielleicht könnten wir das Baby sogar als Ausrede verwenden, um seine Karriere anzukurbeln. Er blieb in der Wohnung, schrieb und paßte auf das Kind auf, während ich Geld verdiente. Ich könnte auch eine Halbtagsstelle annehmen, damit ich auch noch zu Hause Essen kochen konnte.

Er besaß Talent. Er hatte mir einen Brief von der BBC gezeigt, in dem stand, sein Skript sei sehr vielversprechend. Oder ich brachte das Baby tagsüber zu meinen Eltern, wenn sie in Rente gingen, so daß Roger nicht gestört wurde.

Wenn ich so rücklings auf dem Bett lag und Mrs. D über mir herumfuhrwerken hörte, kamen mir Un-

mengen von Ideen. Unmengen von Ideen. Und auch wenn ich jetzt daran zurückdenke, finde ich sie gar nicht mal so übel.
Das fällt mir ein, wenn ich an meine Schwangerschaft denke: Ich liege nachts auf dem Rücken und schlafe schlecht, weil ich nicht auf dem Bauch liegen kann, höre Radio, um die Zeit zu vertreiben, und schmiede einen Plan nach dem anderen, bis mir der Schädel brummt. Wieviele Tage noch, bis Roger Nevilles Brief bekam? Wieviele Tage noch, bis Roger mir schrieb? Ob Nathalie ihn verführt hatte? Erwähnte er sie deshalb auf einmal nicht mehr? Mußte er mit ihr ins Bett gehen, um ihr Gesicht beschreiben und ihre Stimme nachahmen zu können? Machten das Künstler so? Und wie schaffte es die Kunst eigentlich, daß sie ihr eigenes Leben für sie so bereitwillig zugrunde richteten? Ich hatte nichts gegen einen guten Film oder ein gutes Buch, aber so wichtig konnten sie doch wohl nicht sein? Wenn Roger Erfolg hätte, würde mir das schon gefallen, aber wenn nicht, liebte ich ihn genauso. Der Tod konnte das Leben nicht sinnlos machen, wenn man ihm mit einem Menschen, den man liebt, das Beste abgewann. Und wieso konnte ich mich eigentlich problemlos an sein Gesicht erinnern, selbst an die kleinste Falte, jede Hautveränderung an Kinn, Wange und Stirn, wenn er sein Lächeln lächelte? Ich hatte so viele Hoffnungen daran festgemacht.
Mum sagte, als sie mit Brian schwanger ging, hätte sie sich ganz genauso gefühlt, nämlich ausgelaugt, erst bei mir sei ihr morgens übel geworden, aber das

habe sich dann den ganzen Tag lang hingezogen, nicht bloß morgens, was ihr das Kinderkriegen verleidet habe. Sie wühlte in Schubladen nach alten Babyklamotten und war so nervös und aufgeregt, daß sie sich abrupt aufrichtete und um die zehn Glasfiguren herunterriß. Das schien ihr gar nichts auszumachen. Sie habe mir ja gesagt, daß der Kerl nichts tauge, wo er nicht mal auf einen Besuch vorbeikommen wolle. Aber da könne man nichts machen, mit Hab-ich's-dir- nicht-gesagt? sei schließlich keinem geholfen, obwohl sie es gesagt habe, wenn sie das mal eben erwähnen dürfe. Wenn ich welche brauche, könne sie mir Strickmuster geben. Dad sagte, Malcolm würde mich bestimmt immer noch heiraten, wenn ich mich nur dazu herabließe, ihn zu bitten.
Er verstehe die Welt von heute nicht mehr, sagte er. Die Leute legten es wohl darauf an, sich in Schwierigkeiten zu bringen.
Wir saßen in unserem Wohnzimmer und tranken Kakao, während Mum all die Dinge, die ich brauchte, auf eine Liste kritzelte, um sie dann eins nach dem anderen wieder zu streichen, weil sie dies, das und jenes selbst hatte, und wenn nicht, dann kannte sie garantiert eine, die gerade ein Kind gekriegt hatte und genau so was übrig hatte. Man müsse ja schließlich das Geld nicht zum Fenster hinauswerfen, noch bevor ich so richtig losgelegt hätte, oder?
Als sie die Babysachen endlich fand, waren es lauter Sachen von Brian, einbalsamiert mit Mottenkugeln – sie hätten das arme Baby in Null Komma nichts vergast –, und von mir war überhaupt nichts dabei.

Wenn sie es allerdings recht bedachte, sagte sie, würde sie die Sachen lieber bis zur Geburt behalten. Schließlich wisse man nie, was bis dahin noch alles passieren könne.
Oder?

Er kam an einem ganz gewöhnlichen Morgen. Mir zitterten die Hände. Ich mußte im Hausflur in die Hocke gehen.

Meine liebste Anna,
natürlich liebe ich Dich. Wenn Du wüßtest, wie oft ich an Dich denke, daran, wie Du Deine Zunge zwischen die Zähne steckst, wenn Du Dich über der Schreibmaschine konzentrierst. An Deine kleinen Öhrchen mit den Perlenohrringen. Wie Du die Hand vor Deinen Mund hältst, wenn Du lachst. Ich liebe es, wie begierig Du beim Küssen bist; es haut mich regelrecht um. Ich weiß noch, daß ich Dich einmal beobachtet habe, wie Du im Büro die Treppe hochgegangen bist. Du hast so schmale, zarte Beine. Deine Knie sind so schmal.
Warum um alles in der Welt bist Du zuerst zu Neville gegangen? Natürlich wollte er mich sofort überreden, daß ich umgehend Schluß machen und Dich zu einer Abtreibung zwingen sollte, weil wir gesellschaftlich/intellektuell nicht zueinander passen. Typisches Universitätsgewäsch. Er behauptet, das zwischen uns sei rein physisch, das sähe doch ein Blinder

mit Krückstock. Aber ich habe drüber nachgedacht, weil ich mir, wie Du weißt, mal Sorgen machte, es könnte alles nur physisch sein und so weiter. Inzwischen begreife ich, daß man das Physische nicht von der Person trennen kann. Wenn ich Dich körperlich liebe, liebe ich Dich. Wie Du den Kopf bewegst, wie Du Deine Kleider überstreifst, Dein Lächeln – wenn mich diese Dinge auf Hochtouren bringen, dann liebe ich Dich. Wie kommt man dazu, zwischen einem Menschen und seinem Lächeln zu unterscheiden? Das ist absurd. Ich liebe Dich, Anna. Und wenn das heißt, daß ich eine Person liebe, bei der ich das nicht erwartet hätte, dann muß ich es eben akzeptieren.
Laß uns das Kind also bekommen. Ich freue mich. Auch wenn es Probleme geben wird. Zuerst wollte ich sofort zurückkommen, entschied mich dann aber aus zwei Gründen dagegen. Erstens verdiene ich hier viel mehr Geld, was wir bestimmt brauchen können. Zweitens ließe sich gar nicht so leicht eine Begründung für meine plötzliche Rückkehr finden. Es ist wohl besser, wenn es die Leute im Augenblick noch nicht erfahren. Das würde uns nur unnötig unter Druck setzen.
Ich bringe dies noch rasch vor einem Termin zu Papier. Nevs Brief habe ich eben erst bekommen.
Hör mal, gib mir die Nummer einer öffentlichen Telefonzelle, einen Tag und eine Uhrzeit, und ich rufe Dich an.
Dein Dich von Herzen liebender

Roger.

Ich tanzte zur Arbeit.
»Hat der tapfere Knabe um deine Hand angehalten?« wollte Jackie wissen.
»Nein, aber er liebt mich.«
Beatrice räumte endgültig ihren Schreibtisch, so daß im Büro eine gewisse Spannung herrschte, und als es ans Abschiednehmen ging, brach sie in Tränen aus und schluchzte, nichts im Leben hätte sie sich sehnlicher gewünscht als ein Baby, aber sie könne keins kriegen, nie, und es sei wieder mal verflucht typisch, daß statt dessen ein dummes kleines Mädchen wie ich eines kriegte, obwohl ich gar keins bräuchte und nicht einmal verstünde, was das bedeute, oder was irgend etwas anderes bedeute, meinem Gerede nach zu urteilen. Das sei verflucht bescheuert typisch. Weil das Leben nämlich beschissen sei. Beschissen, beschissen, beschissen. Scheiße und Pisse! Sie wurde regelrecht hysterisch, schrie rum und schmiß den Rechner von ihrem Schreibtisch auf den Boden.
Mr. Buckley, der ins Büro kam, verließ es fluchtartig wieder, als er sie heulen sah, und schließlich mußte Salvatore sie in seinem Auto nach Hause bringen, bis raus nach Surbiton.

Seine ersten Worte waren: »Du hättest kein Telegramm schicken müssen.«
Ich stand in einer Telefonzelle an der Acton High Street, um elf Uhr, es war einen Tag nach Eintreffen seines Briefes.
»Ich kann's kaum glauben, daß du es bist. Deine Stimme. Wie wunderbar, dich zu hören. O Roger!«

»Ja«, sagte er. »Anna.«
»Das ist mein erstes transatlantisches Telefonat.«
»Du machst Witze.«
»Nein, wirklich. Nicht zu fassen, wie deutlich deine Stimme ist.«
Es gab eine kurze Pause, bis wir uns daran gewöhnt hatten.
»Also, Roger?«
»Du bist schwanger.«
»Und ob. Du solltest mich sehen.«
»Ist alles in Ordnung? Ich meine, du warst doch beim Arzt, hast die Tests gemacht und so was alles. Es wär mir nicht recht...«
»Klar. Mir geht's prima. Du brauchst dir um mich keine Sorgen zu machen. Der Arzt sagt, bei mir verläuft es absolut normal. Alles.«
»Prima. Gut.«
»Du hast mir einen so tollen Brief geschickt, Roger. Wenn du mir das nur schon früher gesagt hättest. Ich bin ja so glücklich!«
Ein paar Sekunden lang sagte er nichts, dann: »Ich auch.«
»Wegen den anderen Leuten: Sollten wir es denen jetzt nicht doch lieber sagen? Ich meine, gerade zur Zeit ist es ein bißchen blöd, zu verschweigen, wer...«
Aber er sagte, ich solle unbedingt warten, bis er zurückkomme. Er wolle nicht, daß ich es bekanntgab. Er wolle es den Leuten selbst sagen. Wenn er wieder zurück sei.
Dann fragte ich ihn, wie es ihm drüben so erginge, und er erzählte mir zehn Minuten lang von Diane,

dem Büro und irgendeiner Rundfunksendung mit Hörerbeteiligung, deren Moderator sämtliche Anrufer beleidigte, was denen aber gefalle, und wieviel freier man sich in Amerika fühle, was teilweise an den Gebäuden und der Weite liege, und in New York gäbe es einen Agenten, der ihm geschrieben und ihm viel Mut gemacht habe, aber er würde sich keine Hoffungen machen, ehe nicht alles unter Dach und Fach sei.

Ich sollte gut auf mich aufpassen, und er würde anfangen, Babybücher zu lesen.

»Ich kann's nicht erwarten, daß du wiederkommst, Roger«, sagte ich und nahm seine Stimme mit nach Hause ins Bett, wo ich sie an mich drückte und mich von ihr in den Schlaf wiegen ließ. Ich hatte mit Roger telefoniert, und alles würde gut werden. Wenn er zurückkam, würde er es allen sagen.

Als ich am Tag nach dem Anruf von der Arbeit kam, saß Neville auf meinem Fensterbrett und putzte sich die Brille. Er war in Kensington auf einem Kongreß gewesen. Über Pope.

In meinem Einzimmerapartment benahm er sich anders. Er saß auf meiner Sesselkante, sagte ein paarmal »Ja« vor sich hin und war sehr höflich und beflissen, aber so als sei ihm irgend etwas furchtbar peinlich, wodurch er sich von dem angsteinflößenden Rektor in einen Menschen verwandelt, zu dem man ganz besonders lieb sein mußte, damit er nicht einen derartigen Schrecken bekam, daß er nie wieder mit einer Frau redete.

Ein bißchen mickrig, aber eigentlich doch ein guter Kerl, dachte ich. Augenscheinlich hatte er sich für den Kongreß in Schale geworfen, war aber die U-Bahn nicht gewohnt und daher leicht zerzaust. In meinem Einzimmerapartment mit den Snoopy-Posters, dem Plakat mit dem zwischen Schlingpflanzen dahintreibenden Mädchen und meinen in der morgendlichen Hektik überall durch die Gegend geschleuderten Klamotten wirkte er ein bißchen wie ein Fisch auf dem Trocknen. Ich machte Tee.

»Danke, daß du Roger informiert hast«, sagte ich. Ich war ihm kein bißchen böse, daß er Roger überreden wollte, mich zu verlassen. Wenn er das für das beste hielt – meinetwegen.

»Ich möchte über Roger reden«, sagte er plötzlich.

»Oh, inzwischen ist alles bestens. Er hat mir nämlich einen phantastischen Brief geschrieben, ich...«

»Ich hab ihn gelesen«, sagte er.

»Du hast was?«

Sein Blick bekam etwas Unstetes, und in seinem eleganten Jackett rutschte er unruhig hin und her.

»Roger und ich haben einen Pakt geschlossen, ach, ist schon Urzeiten her, als wir achtzehn waren, eine Art Abkommen, daß wir uns alles schicken würden, was wir je schrieben, und alles erzählen, was uns je widerfuhr. Ich schicke ihm Durchschläge von all meinen Briefen und Artikeln. Ich habe alle Briefe gelesen, die er dir geschickt hat.«

Es war wie ein Schlag ins Gesicht; oder als entdeckte man in seinem Bett irgendeinen merkwürdigen Menschen. Er hatte alle Briefe gelesen.

»Aber warum?«
»Damals ging es wohl darum, daß jeder von uns zu einer Materialsammlung kam. Schließlich ist es ja ziemlich selten, daß irgendwer uneingeschränkten Zugang zu dem Privatleben eines anderen Menschen erhält, oder? Und wir dachten, es könne von einem ästhetischen Gesichtspunkt aus nützlich sein.«
»Was meinst du mit ›Material‹?«
Er zuckte mit den Schultern. »Zum Schreiben. Für Reflexionen.«
»Aber in manchen Briefen schreibt er doch schlimme Sachen über dich. Die schickt er dir bestimmt nicht, oder?«
»Doch«, sagte er mit dem Anflug eines Lächelns. Ich war ein Einfaltspinsel. »Alles. Du solltest mal ein paar von meinen Briefen sehen.«
»Ich habe genug gesehen, verbindlichsten Dank.«
Ich wollte, daß er wegging. Ich wollte, daß er sofort aus meinem Zimmer verschwand. Damit ich in Ruhe nachdenken konnte. Ich rang nach Atem. Es war ungeheuerlich, mir einen solchen Brief zu schreiben, und dann einen Durchschlag an diesen höflichen, mickrigen Akademiker mit Glupschaugen und dem schiefen Grinsen.
»Ich bin übrigens bloß hier, um dich vor diesem Brief zu warnen.«
Ich stand auf und trug die Tassen in die Küche.
»Anna, ich...«
»Nimm meinen Namen nicht in den Mund«, fuhr ich ihn an.
»Schau mal...du lieber Himmel.« Er ging um die

Trennwand herum in die Küche. »Ich meine nur, du sollst das Kind unbedingt kriegen, wenn du willst, das ist deine Sache. Aber trau Roger nicht über den Weg. Er simuliert.«

»Was soll denn das nun wieder heißen?«

»Er spielt Theater. Damit meine ich, daß er eine gewisse Vorstellung davon hat, wie man leben sollte, und danach richtet er sein Leben aus. Er schreibt einen Brief, wie ihn diese Person schreiben würde, ohne daß er wirklich dahintersteht. Er ist unzuverlässig. Er ist wie Laertes, als Polonius stirbt, lauter leere Phrasen. Dafür, daß ich an der Universität geblieben bin, greift er mich nur an, weil er genau das selbst gern getan hätte, sich aber wegen seiner Ansichten umentschieden hat und ein anderes Leben durchspielt.«

»Für einen Professor klingt das aber ziemlich verworren«, sagte ich. Ich wusch das Geschirr, zitternd und ohne ihn eines Blickes zu würdigen.

»Ich bin kein Professor, sondern Assistent.«

»Angerufen hat er mich auch. Davon weißt du bestimmt nichts.«

»Nein, aber darauf kommt's auch nicht an – außerdem wird er es mir ohnehin im nächsten Brief schreiben. Nein, die Sache ist die, daß er...«

»Du bist doch bloß eifersüchtig, weil du deinen Busenfreund an ein Mädchen verlierst.«

Er gab eine Art Schnaufen von sich, das wohl ein Lachen sein sollte. »Ich erzähle dir das doch nur, um dir zu helfen! Ich wünschte, ich verlöre einen Freund. Hätte er mir keinen Durchschlag dieses Briefes geschickt, wäre mir wesentlich wohler, das kannst du mir glauben. Begreifst du denn nicht, daß er nur spielt? Die Sache mit dem Büro, daß er ein leitender Angestellter ist. Er spielt. Er ist kein leitender Angestellter, aber er...«

Ich drehte mich um, und von meinen Händen troff das Spülwasser auf den Boden. In meinem Mund spürte ich eine schreckliche Spannung, meine Kiefer lagen fest.

»Sag mir, was du mir zu sagen hast, und dann geh bitte. Ich halt's nicht mehr aus.«

Wenn ich heute zurückdenke, tut mir Neville richtig leid, ich bin ihm überhaupt nicht böse. Er war gefühlsbeladene Situationen nicht gewohnt. Wie auf der Suche nach einem Versteck hüpfte der Adamsapfel in seinem dünnen Hals auf und ab, er selbst stand da wie jemand, der nicht weiß, wo er hinsoll, und fummelte mit einer Hand am Spülbeckenrand herum. Wahrscheinlich hatte ihn der Besuch und dieses Gespräch mit mir große Überwindung gekostet. Aber wenn man anfängt, Rückschau zu halten, tut einem bald jeder leid. Sogar Leute wie Mr. G, Mr. Buckley und Salvatore gaben auf ihre Art traurige Figuren ab.

Von mir ganz zu schweigen.

Wenn man zurückblickt, kann einen schon ganz schön die Resignation packen.

»Weißt du, ich will damit bloß sagen, dieser Brief wurde für mich genauso wie für dich geschrieben. Er bedeutete: So müßtest du leben, Neville, laß dich aufs Leben ein, vergrab dich nicht an der Uni. So müßtest du lieben, trotz aller Widrigkeiten, mutig. Vielleicht hat er sogar recht. Aber jemand mit dieser Haltung ist nicht verläßlich. Sie kommt aus dem Kopf, nicht aus dem Herzen. Wenn ich ihm geschrieben hätte, er solle dich auf keinen Fall verlassen, hätte er vielleicht genau das Gegenteil getan.«

»Das begreife ich nicht«, sagte ich trocken.

Er fuhr sich mit der Hand durch seine Haare.

»Wußtest du, daß Roger ein Gewehr besitzt?«

»Erzähl mir noch so einen.«

»Anna, er hat ein Gewehr...«

»Ich hab dir schon mal gesagt, du sollst meinen Namen nicht in den Mund nehmen.«

»Wir haben jeder ein Gewehr. Ich sagte ja schon, mit achtzehn haben wir diesen Pakt geschlossen; daß wir alles teilen würden. Nicht bloß weil wir Freunde waren, sondern weil es Vorteile hat, wenn man genau weiß, wie jemand anderes sein Leben lebt. Dazu gehörte auch, daß wir erfolgreich sein wollten. Der Pakt sah vor, daß wir uns umbringen würden, wenn wir vor dem dreißigsten Lebensjahr nicht ein großes Ziel erreicht hatten. Um die Waffenscheine zu kriegen, haben wir einen mächtigen Zirkus veranstaltet und behauptet, wir gingen auf einen Jagdausflug.«

»Das ist dumm«, sagte ich.

»Natürlich ist es das, und ich habe schon seit Urzeiten nicht mehr dran gedacht. Aber er erzählt immer noch, es wären nur noch vier Jahre Zeit, und wie er sich beeilen müsse, weil er das Leben nur unter diesen Bedingungen akzeptieren könne. Das meine ich damit, daß er simuliert.«

as mit dem Simulieren begriff ich immer noch nicht.
»Ich werde arbeiten gehen, und er kann mit dem Kind zu Hause bleiben und schreiben, soviel er will.«
»Kinderkriegen, gehörte nicht zu den Zielen«, sagte er. Nachdem wir uns eine Minute lang schweigend angestarrt hatten, sagte er: »Gott, die Entscheidung liegt bei dir. Ich habe es dir gesagt, mehr kann ich nicht tun.«
Dann ging er.

Mrs. Duckworth muß mich wohl weinen gehört haben, als sie runterkam, um Tin-Tin rauszulassen. Tin-Tin war ihre Katze. Mrs. D klopfte und steckte den Kopf ins Zimmer.
»Wenn Sie weiter so weinen, bekommen Sie ein unglückliches Baby«, sagte sie. »So was beeinflußt Sie.«
Dann lockte sie mich mit der Aussicht auf Kaffee und Schokokekse und nach oben, wo wir uns im Fernsehen einen Bericht über Umweltverschmutzung ansahen.
Mr. Duckworth, der von der Hüfte abwärts gelähmt ist, sagte, ich solle mir unbedingt einen Fernseher anschaffen, wenn ich allein sei. Gleich nach dem Hund sei der Fernseher der beste Freund des Menschen, mache aber nicht halb so viel Ärger.
Außerdem wäre das Kleine damit beschäftigt.
Ich könnte aber auch jederzeit nach oben kommen und bei ihnen gucken, sagte Mrs. D.
Beide rauchten Silk Cut und aßen aus einer Tüte McVitie's Schokokekse.

Ich brachte die Tretmühle von Ultraschalluntersuchungen, gynäkologischen Tests und allgemeinem Abgetastet-und-befummelt-werden hinter mich und besuchte ein paarmal in Ealing einen Gymnastikkurs für werdende Mütter, gab es dann aber auf, weil mir der weite Weg dorthin nach der Arbeit zu anstrengend wurde. Ich stellte mich nackt vor den Badezimmerspiegel und legte die Hände unter meinen Bauch, wobei ich manchmal richtig stolz und aufgeregt war, dann wieder ein wenig abgestoßen, und wieder ein anderes Mal hatte ich bloß Angst. Meine Brüste wurden größer und spannten. Ich bekam ein Baby. Es bewegte sich in mir. Es konnte einfach nicht wahr sein.

Lieber Roger, ich will keine Briefe mehr von Dir bekommen, wenn Du Neville einen Durchschlag schickst. Ich fühle mich erniedrigt.

Ich hatte drei Kleider, die ich abwechselnd trug, mein Hintern rundete sich genauso wie mein Bauch, und auf der Straße drehten sich die Männer nicht mehr nach mir um – was keine so große Erleichterung war, wie ich mir das vorgestellt hatte. Ich fragte mich nämlich, ob ich meine Figur jemals wieder in Form bringen würde. Laut meinem Buch war das Baby inzwischen so groß wie ein herkömmlicher Telefonhörer, und ich stellte mir vor, daß ich einen Telefonhörer zur Welt brachte, ans Ohr legte und hörte, wie Salvatore seinen Namen in der langen Fassung buchstabierte.

Ich rieb mich mit Creme ein. Eine Creme für den

Bauch, eine andere für die Brüste. Würde ich mein Baby lieben? Würde es mich lieben? Würde es eine Sie sein? Wie würde sie wohl aussehen? Schön? Häßlich? Und ich fand es furchtbar, daß man sich nicht einmal sein eigenes Baby vorstellen konnte, daß es eine ungeheure Vertrauenssache war, bei jedem einzelnen Kind, das zur Welt kam, daß man all die neun Monate lang kaum glauben, sich nicht vorstellen kann, wie um alles in der Welt es wohl aussehen wird. Weil es mir unmöglich vorkam, daß alles gutgehen würde. Jedes einzelne kleine Organ, jeder Fingernagel, jede Wimper. Wie sollte das funktionieren? Es wäre ja ein Wunder. Ich weiß noch, wie ich sogar einmal dachte, wenn alles klappte, würde ich jeden Sonntag mit Mum in die Kirche gehen und nie wegbleiben (natürlich hatte ich damit aufgehört, als mein Bauch dicker wurde, obwohl der Pfarrer zu Mum gesagt hatte, er wäre der letzte, der den ersten Stein werfen würde).
Einmal träumte ich von der Geburt, und als sie mir das Baby zeigten, war es Mrs. Duckworth's Katze, die ein Möbelwagen am Morgen zuvor totgefahren hatte. Ich wachte auf, lag in der Dunkelheit, so finster, daß man spürte, wie sie einem auf die offenen Augen drückte, und versuchte, mir eine richtige Geburt vorzustellen, wie völlig natürlich sie ablaufen und wie alles ganz genau so wie in dem Buch sein würde. Doch der Traum hatte derart einen bleibenden Eindruck von der Krankenschwester hinterlassen, die mir eine bluttriefende schwarze Katze zeigte, daß es mir nicht gelang. Die Schwester war Mrs.

Duckworth, die Tin-Tin über die Straße trug, nachdem der Möbelwagen die Katze erfaßt hatte, und sie sagte, wenn es meine Milch saugen könnte, käme das Tier vielleicht wieder auf die Beine.
Wenn man zu zweit ist, lacht man über solche Träume.
Schließlich brachte meine Mutter doch noch die Babyklamotten und einen alten Kinderwagen, der an einigen Stellen entrostet werden mußte, und sagte, ich solle unbedingt wieder bei ihnen einziehen, und mein Dad werde richtig krank vor Schuldgefühlen, weil ich geglaubt habe, ich müsse sie so plötzlich verlassen. Er frage dauernd, womit er das denn verdient habe.
Zusammenhalten laute die Devise, sagte sie. Niemand schäme sich für mich.
Allerdings habe sie weniger zugenommen als ich. Ich aß nicht etwa Pralinen oder so was?
Wenn ich wolle, könne ich Brians Zimmer haben, sagte sie. Er hätte bestimmt nichts dagegen gehabt, Brian sei immer großzügig gewesen, und weshalb ich meinen halben Lohn für dieses Loch ausgeben wolle?
Aber ich lehnte ab.
Am nächsten Morgen schob der Briefträger etwas durch unseren Briefschlitz, und ich rannte zur Tür. Es war aber nur ein Brief von der Stadtbücherei, in dem stand, *Die Natürliche Geburt* sei schon seit fünf Monaten abgelaufen, und was ich deswegen zu tun gedenke.

Die Geburt selbst war eine Qual. Ich hatte das Gefühl, daß ich stundenlang schrie. Sobald die Wehen richtig in Gang kamen, vergaß ich sämtliche Atemübungen und all das Zeug und schrie nur noch pausenlos; es war, als versuchte ich, eine Ananas auszuscheißen. Irgendwann verpaßten sie mir Beruhigungsmittel, was ich ihnen wirklich nicht verdenken kann.

Am Morgen brachten sie mir das Geschöpf, einen Jungen, und ich wußte wirklich nicht, was ich mit ihm anfangen sollte. In diesem großen Raum zu liegen, machte mich verlegen, umgeben von lauter anderen Müttern, die älter als ich waren, ihre Brustwarzen untersuchten und wissen wollten, wieviele Stiche die anderen bekommen hatten, und alle paar Stunden kamen ihre Männer, um sie zu hätscheln und zu fragen, ob zu Hause im Gefrierschrank noch irgendwas Eßbares sei. Mein Baby war tomatenrot vom Brüllen, seine Ohren standen ab, und er schien kein bißchen daran interessiert zu sein, die Brust zu kriegen.

Mum kam gleich nach der Arbeit vorbei und sagte, er hätte Brians Nase, und sie habe bei keiner Entbindung auch nur einmal geschrien.

Ich fuhr nach Hause. Ich nahm mir ein Minicar, das Baby in einen Wollschal gewickelt, den Mrs. D aufgestöbert hatte. Bobby.

Ich legte ihn auf den Tisch, wickelte ihn, wie sie es mir im Krankenhaus beigebracht hatten und machte

mir dann eine Tasse Tee. Verkrampft saß ich da, die Hände um den Becher geklammert.
Ich hatte ein Baby. Es lag auf dem Tisch. Glucksend.
Roger hatte Blumen geschickt, mit Interflora. »In Liebe, ICH«, stand auf dem Anhänger. Ganz hinten im Regal stöberte ich ein Einmachglas auf.
Ich gab dem Kind die Brust und hörte mir das Bildungsprogramm im Radio an. Jede Stunde, rund um die Uhr (das Bildungsprogramm, nicht die Brust, obwohl es mir manchmal so vorkam). Zwei, drei Wochen lang, Tag und Nacht. Ich schob den Kinderwagen in den Park, es war November, und in der Luft lag ein leichter Geruch nach Frost und brennendem Laub. Als Jackie vorbeikam, hatte ich alle Briefe Rogers versteckt.

Liebe Anna,
wenn ich geahnt hätte, daß Du davon erfährst, hätte ich Nev natürlich nie die Briefdurchschläge geschickt. Ich bin ziemlich sauer, daß er Dir davon erzählt hat. Wir haben eben vor Jahren diesen Pakt geschlossen, an den ich mich immer gehalten habe. Alles. Ich habe ihm absolut alles geschickt. Eigentlich war es ein Experiment; um herauszufinden, was passiert, wenn man einem anderen absolut alles mitteilt, so daß er einen analysieren und eine sachkundige Einschätzung deiner Entwicklung abgeben kann. Ich drücke mich jetzt nicht besonders gut aus. Als wir damit anfingen, waren wir noch jung, und es hat wohl auch einen naiven Beigeschmack. Doch die Idee halte ich immer noch für interessant, und ich würde gern

damit fortfahren, wenn es dir nichts ausmacht. Dieses Verfahren bewirkt nämlich eine permanente Bewußtseinserweiterung und sorgt für Konflikte. Konflikte sind nämlich auf gewisse Weise Leben. Ich meine, sie entwickeln Eigendynamik. Sie treiben dich in die eine oder andere Richtung, kanalisieren deine Energie, zwingen Dich zur Weiterentwicklung. Bei Nietzsche heißt es einmal: ›Und ihr sagt mir, Freunde, daß nicht zu streiten sei über Geschmack und Schmecken? Aber alles Leben ist Streit über Geschmack und Schmecken.‹ Und genau das tun Neville und ich. Wir streiten uns über Geschmack. Ich glaube, daß ich auch wegen all dem von der Universität abgegangen bin, was ich durch meine Beziehung mit Nev gelernt habe. Sie hat meinen Ideen eine konkrete Form gegeben. Das zu verstehen, fällt Dir bestimmt schwer, ich weiß, aber ich werde versuchen, alles besser zu erklären, wenn ich zurückkomme.
Ich hoffe, das Jäckchen war in Ordnung. Schick doch ein Foto, sobald Du eins hast.

Lieber Roger,
gestern abend kam Jackie vorbei und hat eine Rassel für Bobby mitgebracht, aber die hat er nichtmal angerührt. Für Spielzeug ist er noch zu klein. Sie spazierte durch die ganze Bude, Du weißt ja, wie sie ist, und meinte, ich solle zum Wohnungsamt und dann zum Sozialamt gehen, weil es ganz sicher irgendwelche Sonderregelungen für alleinstehende Mütter gibt (merkwürdig, wenn man so eingestuft wird). Sie hatte einen ihrer engen Röcke an, die bloß ihre dicken

Oberschenkel betonen, und außerdem noch eine Tonne Schminke aufgetragen. Sie war aber eindeutig neidisch auf den Kleinen, weil er mit seinem Engelsgesichtchen und den blauen Augen so ein Schatz ist. Sie sagte, sie hätte nichts dagegen, selbst ein Baby zu kriegen, aber das ginge nicht, weil Mr. G ausrasten würde, wenn zwei seiner Sekretärinnen Mutterschaftsurlaub nähmen. Das ist vielleicht eine Entschuldigung! Immerhin hat sie ihm die Windeln gewechselt, zur Übung, wie sie sagte, und wir mußten beide über seinen niedlichen kleinen Pillermann lachen.

Weißt Du noch, wie ich Dir von Beatrices Rausschmiß geschrieben habe? Tja, sieht so aus, als hätten sie eine Neue. Wendy. Laut Jackie ein bißchen überheblich, und nur dank Vorspiegelung falscher Tatsachen in der Schreibzentrale, die sie als Durchgangsstation für eine andere Abteilung betrachtet. Salvatore und Mr. B streiten sich anscheinend schon um sie. Jedenfalls fragte ich Jackie, ob Du wieder zurück wärst, und sie verneinte, Du hättest in der Zweigstelle drüben so prima eingeschlagen, daß Du womöglich auf Dauer dort bleibst. O Roger, wann kommst Du wieder? Ich träume so viel von Dir. Du darfst nicht viel länger wegbleiben. Wenn ich das Geld hätte, würde ich rüberfliegen und Dich besuchen. Aber ich hab's nicht, und mit Bobby würde es auch furchtbar schwierig werden. Ich brenne darauf, Dich wiederzusehen, Roger, wirklich. Ich spüre, wie mein Körper brennt. Bitte teile mir das Datum mit, wann Du wiederkommst.

Übrigens sagt Jackie, alle im Büro halten mich für wahnsinnig heimlichtuerisch, weil ich nicht verrate, wer der Vater ist, und daß ich vielleicht einen einflußreichen oder reichen Mann decke, der mir Geld auf ein Konto überweist. »Prinz Edward«, hab ich gesagt, »aber wenn er nicht etwas mehr Geld rausrückt, verrate ich's allen.« Wir haben beide gekichert wie die Irren. Du weißt ja, wie das mit mir ist, wenn ich mit Jackie zusammen bin. Die werden vielleicht Augen machen, wenn Du es ihnen sagst!
Heute kam mein Dad vorbei, ausgerechnet. Zuerst wollte ich es nicht glauben, weil er mich zum ersten Mal hier auf dem Zimmer besucht oder überhaupt irgendwelches Interesse gezeigt hat. Ich dachte, er würde so ungehalten und unwirsch sein wie immer und sich beschweren, weil ich nicht nach Hause zurückkomme, doch nach einer Weile nahm er den Kleinen hoch, schaukelte ihn in den Armen, zählte seine Finger, nannte ihn »Bobbsy du-dah« und kniff ihn ins Näschen. Kaum zu glauben, das er wirklich mein Dad war. Egal, bevor er wegfuhr, brachte er mir unten aus dem Wagen ein Geschenk, das sich als so eine durchsichtige Lampe entpuppte, in der diese komische sirupartige Flüssigkeit schwimmt, in der dauernd große Blasen hochsteigen und wieder sinken und einen hypnotisieren. Sie hat eine ganz hübsche Farbe, wie Orangenmarmelade, was in Ordnung ist, da das Zimmer etwas Farbe gebrauchen kann, und ich sehe mich schon stundenlang davorsitzen und den Blasen beim Auf- und Absteigen zusehen.
Und nun, Roger, über dieses Durchschläge von Brie-

fen und Zeugs machen und sie Neville schicken. Eins kann ich nicht begreifen. Wenn Du so einen Brief schreibst, wie beispielsweise diesen wunderbaren Brief, in dem Du mir erzählt hast, daß Du mich liebst und alles, und daß Du einen Menschen nicht von seinem Lächeln trennen kannst, dann wirkt das, als müßten die Worte völlig natürlich sein, als könnten sie nur direkt aus dem Herzen kommen, ohne Nachdenken. Wie konntest Du also ganz ruhig und kühl vor dem Tippen ein Blatt Kohlepapier in die Maschine spannen? So was finde ich abscheulich. Ich begreife einfach nicht, wie ein Brief ehrlich und leidenschaftlich sein kann, wenn man Durchschläge macht. Das ist genauso, als wärst Du im Büro. Schicke ihm also bitte keinen von den Briefen mehr, die Du mir schreibst. Auch wenn es bedeutet, diesen »Pakt« zu brechen. Mir hat er gesagt, er wäre glücklicher, wenn Euer Abkommen gebrochen würde. Außerdem hast Du das Kind schließlich mit *mir* bekommen, weißt Du das noch?
P.S. Das Jäckchen ist wunderhübsch, wird ihm aber erst passen, wenn er ungefähr 2 ist!

Ich nahm mir vor, ihn, wenn er zurückkam, nicht zu fragen, ob er eine Affäre gehabt hatte. Hauptsache, er kam zurück.
Meine Mutter sagte, sie würde dem Kerl tüchtig die Hammelbeine langziehen und die Hölle heißmachen, wenn sie ihn je zu Gesicht bekomme.
Das Komische war, daß ich mich ziemlich aus dem Konzept gebracht fühlte, als er dann endlich sein

Kommen ankündigte. Ich war wohl inzwischen zu unabhängig geworden. Und wenn meine Briefe nicht so empört klangen, wie sie hätten klingen können, dann lag das vielleicht daran, daß es mir eigentlich gar nicht so mies ging. Trotz all dem vielen nachts Aufstehen und den Problemen mit dem Einkaufen kam ich zurecht. Ich war eigentlich richtig stolz auf das Baby und merkte, daß die Leute einem so was wie einen widerwilligen britischen Respekt zollten, weil man sich allein durchschlug.
Es sei denn, ich kriegte einfach kalte Füße bei der Vorstellung, daß sich die ganze Sache jetzt so oder so entscheiden würde. Alles oder nichts.

Dienstag, 2. März, 2 Uhr
Herrjeh! Natalie hat am Flughafen geheult. Seufzen, Tränen, Schluchzen. Du liebe Güte. Entsetzlich. Viel schlimmer als mit Anna. Alttestamentarisch-haarsträubende Geschichte. Wow! Frauen und ihre Emotionen. Ich kam mir, selbstredend, wie ein richtiger Ekeltyp vor, und als eine schlimme Fehlbesetzung für diese Rolle. Ich meine, es wäre ja was anderes, wenn es mir nichts ausmachen würde. Das ginge ja noch. Doch statt dessen tut es mir in der Seele weh, und auf einmal mache ich Versprechungen, blödsinnige Versprechungen, was alles nur noch schlimmer macht, statt einen raschen Schlußstrich zu ziehen. Bin offensichtlich kein Byron (immer diese Rollenerwartungen!). Nein, Natalie hat wirklich geschluchzt. Das

dumme Ding wollte mich nicht ziehen lassen – nach allem, was sie über Unabhängigkeit geschwafelt hat! Kurz vor dem Zoll mußte ich ihre Hände von meinem Revers klauben. Die Leute versuchten rauszufinden, wo die Kamera stand, wahrscheinlich dachten sie, was für eine billige, unnatürliche Schnulze, die sparen wir uns. Jedenfalls habe ich es Gott sei Dank geschafft, ihr meine Adresse nicht zu geben. Das wäre sonst das Ende gewesen.

Tja, und nun sitze ich hier in der Business-Class zwischen zwei typischen Business-Class-Nullen, einer der ältere onkelhafte Typ, der andere ehrgeizig und dickbäuchig, wahrscheinlich die Sorte, die ich werden soll. Da sie sehen, daß ich dies auf Firmenpapier kritzele, denken sie bestimmt, ich hätte wahnsinnig viel zu tun und verspüren einen gewissen Neid und eine Spur von Schuld, weil sie selbst nichts zu kritzeln haben. Jedenfalls merkt man, daß sie bald ein Gespräch anleiern werden. Ach Gottchen. Die beiden gehören nicht zu denen, die genug eigene Gedanken im Schädel haben, um einen siebenstündigen Flug ohne einen Plausch zu überstehen. Nein, sie werden über Bordverpflegung, Filme und das Geschäftemachen mit den Amerikanern reden (wenn sie Engländer sind), oder über das Geschäftemachen mit den Engländern (wenn sie Amerikaner sind). ABER ICH WERDE NICHT MIT IHNEN REDEN! Ich fasse es einfach nicht, daß ich vor einiger Zeit mit den Leuten reden und ihre Stimmen hören, ihren Sprachrhythmus und ihre Eigenheiten hören wollte, daß ich in meiner Hosentasche das Diktiergerät eingeschaltet ließ. Sie alle langweilen mich zu Tode. Mein Gott, Menschen! Ich habe so viele Redewendungen angehört und physiognomische Einzelheiten registriert, daß sie bis zum Jüngsten Tag und für die Zeit danach reichen. Im Gedächtnis bleiben einem sowieso nur die, die einem weh getan haben (oder denen man selbst weh getan hat). Vorzugsweise letzteres, obwohl das Kompliment in der Regel auf Gegenseitigkeit zu beruhen scheint.

Ich bin also auf dem Rückweg nach England. Ein Jahr war ich fort. Und auf dem Weg zurück zu Anna. Warum? Warum finde ich mich damit ab? Roger Cruikshank, mit all seinem Gepäck aus hochfliegenden Plänen und Zielen? Durchdenke es logisch. Besänftige das traute Herz.

Also, als erstes muß ich diese Weibergeschichte aus dem Weg räumen. Beilegen. Beenden. Ich bin 26. Ehrgeizig bin ich. Ich will beweisen, daß ich etwas erreichen kann, und ich brauche Herrgottnochmal Zeit, um mich ohne Gefühlsterror zu konzentrieren. Frauen sind Zeitverschwendung. Andererseits kann ich ohne Sex nicht leben. Ich merke, wie mich diese gräßlichen Begierden einfach überwältigen. Es ist wirklich zu schlimm. Nehmen wir diese amerikanische Affäre. Rein intellektuell gesehen war ich mir völlig darüber im klaren, daß ich Natalie aus dem Weg gehen mußte. Sie war nett, nicht unattraktiv, bewundernswert und, in der Art, wie sie das Leben anging, herrlich amerikanisch (möglicherweise hat mich das ein wenig überrumpelt – der Reiz des Neuen), aber fraglos gefühlsmäßig ein Wrack. Und

was für ein Wrack! Ich hätte wissen sollen... nein, vielmehr *wußte* ich, daß ich sie nichtmal mit der sprichwörtlichen Kneifzange hätte anfassen dürfen. Bloß läßt sich mein Schwanz eben schwerer handhaben als eine Kneifzange (später verwenden). Er entwickelt entsetzliche Sehnsüchte. Schweres Geschütz. Und schon ließ ich mich einsaugen, so daß ich zwangsläufig in Schlamm und Tränen ihres chaotischen Daseins und ihrer feuchten Möse zappelte.
Starker Tobak. Puh!
Schlußfolgerung: Da ich ja wohl ohne Sex nicht auskommen kann, muß eben eine gute stabile Situation gefunden werden, wo man welchen hat, ohne daß es einen verschleißt. So hingeschrieben, klingt es gräßlich. Aber darauf läuft es schließlich hinaus. Siehe Paulus, Jungfräulichkeit ist eben besser (sauber, nüchtern, ökonomisch – siehe Neville, die jungfräuliche Schwuchtel, hat es nie gewagt, mich auch nur mit dem kleinen Finger zu berühren), aber wenn du einen ungebärdigen Schwanz hast, such dir um Himmels willen eine nette Ehefrau. Was soll's, alle Entscheidungen sind ohnehin Ungeheuer, und man muß darauf gefaßt sein, einen Arm oder ein Bein zu verlieren, wenn man sie erschlagen will. (Könnte das in der Szene unterbringen, wo Buckley über Mr. G wegen dessen Affäre mit Yvonne herfällt - nein, zu phantasicvoll für Mr. B.)
Aber warum ausgerechnet Anna?
Das ist allerdings merkwürdig. Warum Anna? Eine gute Frage. Warum suche ich mir nicht wenigstens eine auf meiner Wellenlänge, wie Neville es so zutref-

fend formuliert (als ob das Zusammenleben eine Art Seminar wäre, in dem beide mehr oder weniger die gleichen Bücher lesen müßten, sonst brauche man sich überhaupt nicht zu unterhalten – allerdings könnte etwas Wahres dran sein. Man braucht sich bloß anzusehen, wie unglaublich langweilig - und doch liebenswert – die Briefe dieses Mädchens sind. Eine brisante Mischung).

Warum Anna? Begehe ich damit nicht so etwas wie klassischen gesellschaftlich/geistigen Selbstmord?

Hauptsächlich weil sie so ein nettes, zuverlässiges Mädchen ist.

Nein, das klingt entsetzlich. Das klingt nach einem echten Arschloch. Ich kann es unmöglich ernst meinen. Ich, der immer auf der Suche nach Abenteuern war.

»Roger Cruikshank, Möchtegernnobelpreisträger, ehelichte aus Bequemlichkeitsgründen die nette, zuverlässige Miss Anna Eastwood...«

Ich denke jetzt seit einer halben Stunde darüber nach (wir befinden uns wohl mitten über dem Atlantik, und gleich wird man uns *Zeit der Zärtlichkeit* zeigen. Ziemlich gräßlicher Geschmack für die Business-Class, hab ich recht? *Zeit des Leasing* wäre wohl besser angekommen), und es sieht wahrhaftig so aus, daß es mir ernst ist, die Sache mit dem netten, zuverlässigen Mädchen. Will sagen, ich *respektiere* Anna. Respektiere (wie furchtbar das klingt). Ich respektiere sie so, wie ich nicht einmal mich selbst oder Neville respektiere. (Neville ist ehrlich und anständig – mora-

lisch gesehen, wenn auch nicht in seinen Neigungen –, aber liebesunfähig. Ich bin, glaube ich, liebesfähig, vielleicht, aber weder ehrlich noch anständig.) Manchmal kommt sie mir sogar ungeheuer klug vor, als wäre sie älter und weitaus intelligenter als ich, nicht umgekehrt. Als wüßte sie über viele »fleischliche Dinge« Bescheid – durch eine Art geheimen Draht zum Leben. Beispielsweise damals, als ich sagte, wenn man sein Leben auf die Reihe kriegen wolle, müsse eben der Geist über die Materie siegen, und sie sagte: »Dein Geist über meine Materie?« Das war sehr gut, ich fühlte mich richtig ertappt (Natalie konnte über Expressionismus schwafeln, bis einem die Füße einschliefen, aber *begriffen* hat sie nichts). Und Anna hat so was nicht nur einmal gemacht. Sie hat zwei oder drei Sachen rausgelassen, die sich so in mein Hirn gebohrt haben, daß ich sie nie wieder vergessen werde. Natürlich sagt sie das nicht, weil sie geistreich oder witzig ist (die Gefahr besteht nicht), sondern so vollkommen ehrlich, daß sie manchmal genau ins Schwarze trifft. Sie fühlt solche Sachen. Aha. Wir haben es geschafft. Anna *fühlt*. Die Ehrlichkeit der Liebe, könnte man sagen. Sie ist beeindrukkend, ihre Liebe, kochend heiß. »Gott segne Dich«, schrieb sie auf dieser lächerlichen Karte. Sie scheut sich nicht einmal, Gott segne Dich zu schreiben!
Andererseits könnte man mit Fug und Recht behaupten, sie habe den ganzen Kopf voller romantischer Scheiße. Gut und schön, dieses ganze verzehrende Sehnen mit 20-nochwas Jahren, aber wie wollen wir die feuchten Sonntagnachmittage verbringen, wenn

wir erstmal über vierzig sind? Dieses Stück endet nicht mit dem Gang zum Altar.
Oder sollte man gar nicht an so etwas denken? (Daß es mancherlei Gründe gibt, wenn möglich besser nicht so viel nachzudenken, liegt auf der Hand. Schließlich kann noch so viel Absicherung nie verhindern, daß es immer riskant ist, auf etwas zu setzen. Und wenn man einen Entschluß faßt, wägt man zwischen Risiken ab. Wieder etwas, was Neville absolut nicht einsieht.)
»Ich entscheide mich für Anna, weil ich sie liebe und begehre.« Das sollte ich sagen können. In Nietzsches Sinne. Stimmt es denn?
Stimmt es?
Ich liebe sie. Ich *glaube*, daß es stimmt. Sie hat etwas. Erstens in physischer Hinsicht. An ihrer Überlegenheit auf dem Gebiet gibt es nichts zu rütteln. Eine Sexbombe ist sie zwar nicht. Aber welch ein ansprechend schlichter Körper, mit dem sie so natürlich umgeht und sich so attraktiv bewegt, wie köstlich gibt sie sich der Liebe hin. Neville begreift natürlich nicht und wird nie begreifen, wie wichtig es ist, daß wenigstens der Sex gut klappt. Das ist wie eine Vorgabe. Er wichst bloß in seliger Unwissenheit vor sich hin. Wichsen oder nicht wichsen muß wohl die einzige Entscheidung sein, die mit keinerlei Risiko verbunden ist.
(Warum sich nicht mal irgendwann an *ihn* ranmachen, seine Verteidigung anknabbern? Vielleicht wird er sogar schwach.)
Falls nicht einfach nur unsere krasse Unvereinbarkeit

auf allen anderen Gebieten den Sex so intensiv macht (der einzige Berührungspunkt). Aber wenn man erstmal anfängt zu grübeln... Angenommen ich liebe sie. Ein Test. Würde es mich stören, wenn sie mit einem anderen ins Bett ginge?
Ja, gewaltig. Immerhin, wenigstens haben wir die Eifersucht schon mal auf unserer Seite. Nein, wenn ich wirklich anfange, an sie zu denken, wird mir ganz weich ums Herz. Ein Bild von ihr nach dem andern. Ich liebe sie. Als ich von ihrer Schwangerschaft erfuhr, konnte ich die Vorstellung nicht ertragen, daß ich ein so zartes Wesen zu etwas so Häßlichem wie einer Abtreibung auf Krankenschein hätte zwingen können. Ich konnte mich nicht mit der Idee abfinden, so viel Leid verursacht zu haben.
Wohingegen mir herzlich egal ist, ob Natalie mit einem anderen ins Bett steigt.
Oder hundert Abtreibungen hätte. Na ja...
Lieben und Wollen. Ich glaube, in puncto Lieben bin ich mir sicherer als in puncto Wollen. Wenn es Anna beispielsweise nicht gäbe, würde ich wollen, daß sie existierte?
Eine faszinierende Frage. Wenn es sie nicht gäbe, würde ich losziehen und sie suchen, sie mir aus eigenem Antrieb ausmalen?
Nein.
Falls ich von ihrer Existenz wüßte und wüßte, wenn ich sie kennenlernte, brächte ich mich in meine jetzige Lage, würde ich sie kennenlernen wollem?
Nein. (Teufel, nein!)
Bereue ich andererseits, was geschehen ist?

Nicht unbedingt; aber ein bißchen schon.
Bereue ich das mit dem Baby? (DU BIST VATER. ROGER CRUIKSHANK IST PAPI GEWORDEN.)
Nicht mal das so richtig. Vielleicht weil ich noch nicht weiß, was auf mich zukommt.
Aber immer noch besser als es schon zu bereuen, ehe ich weiß, was auf mich zukommt.
(Wer könnte das leugnen?)
(Oder vielleicht bin ich auch nur ziemlich zufrieden mit dem Privatleben, dem Rückhalt, den ich mir schaffe. Schon wieder Shelley, Byron.)
Also: Liebe ja, Wollen nein. Das läßt sich alles auf den wohlbekannten Nenner »Lieben, sich selbst zum Trotz« bringen. Was, da es dem Liebesaspekt offenbar eine zusätzliche Authentizität verleiht (in dem Sinne, daß sich etwas trotz Widerständen durchsetzt), beruhigend sein sollte, wenn man die Liebe als entscheidendes Kriterium anerkennt.
Was ich natürlich nicht tue.
Sonst wäre ich nie mit Natalie ins Bett gegangen, die ich, wie ich wußte, weniger liebte als Anna (wenn überhaupt - gibt es unterschiedliche Stufen von Liebe?). Was wiederum voraussetzt, daß sich meine Handlungen tatsächlich auf meine Überlegungen, meine Gefühle und das moralische System zurückführen lassen, das Überlegungen und Gefühle (meinerseits) anerkennt. Dabei sieht es so aus, als wäre nichts weiter von der Wahrheit entfernt.
Handlungen kommen aus heiterem Himmel.
Ich habe mir *Zeit der Zärtlichkeit* angesehen; eine blödere Story kann ich mir kaum vorstellen. Als wäre

das, was ich gerade durchlebte, der Film eines anderen, und der Regisseur hätte Anna einfach an Krebs sterben lassen, weil er nicht wußte, wie er unsere Konflikte ausräumen sollte (es könnte wirklich die einzige Lösung sein). Dann unterhielt ich mich ein wenig mit meinen Nachbarn, wobei ich den jungen leitenden Angestellten spielte (schwer zu sagen, ob sie ihre Rollen nicht auch nur spielten, obwohl ich es bezweifle - wer zieht bei solchen Sachen überhaupt die Grenze?), und schließlich las ich nochmal die obigen Rationalisierungen durch, wobei mir mit ganz erstaunlicher Klarheit aufging, daß meine Überlegungen *lediglich über einen Abgrund dahinglitten*. So wie dieses Flugzeug über dem Meer dahinglitt (nur ohne dessen Zielstrebigkeit). Solche Sachen kann man nicht in Lieben und Wollen einteilen. Solche Sachen kann man nicht entscheiden, als nähme man an einer Aufsichtsratsitzung teil, wo jeder Aspekt beleuchtet und abgewogen wird, und der Vorsitzende Dödel nur darauf wartet, die entscheidende Stimme abzugeben. In Wahrheit bin ich ein komplettes emotionales Wrack, schlimmer als Natalie, und wenn mich etwas daran hindert, in die Grube der Verzweiflung zu fallen, dann einzig und allein die scheinbare Gewandtheit, mit der ich das Problem verbalisieren kann.

In Wirklichkeit scheiße ich mir vor Angst in die Hose. Ich will es nicht allen im Büro erzählen. Ich werde sie nicht heiraten, nein, ich werde mir einen schönen breiten Fluchtweg offenhalten. Ich werde ihr irgendeinen Stuß erzählen, daß Heiraten heutzutage nicht

mehr angesagt ist oder so. Andererseits könnte ich mir selbst nicht mehr in die Augen sehen, wenn ich einfach Leine zöge und sie sitzenließe. Wie sollte ich damit leben (nach einer Jugend, in der ich mir lauter Methodistenpredigten anhören mußte, vielleicht liegt da mein Problem), obwohl es, von einer bestimmten Warte aus betrachtet, für uns beide möglicherweise das Beste und Mutigste wäre.
Ist das furchtbar. (Mut!)
Entscheidungen fällt man ohnehin keine. Man *tut* etwas, man handelt. So wie ich Natalie gevögelt habe, obwohl ich beschlossen hatte, es nicht zu tun. Entscheidungen verzögern das Handeln. Ich fühle mich wie gelähmt.
(Wie langweilig es ist, bloß wieder bei Hamlet angelangt zu sein, wie öde! Ich muß das irgendwo im Stück unterbringen. Ein schrecklich frustrierendes Gefühl, daß man schließlich man selbst ist, nicht weniger – oder, besser gesagt, mehr nicht. Ich.)
Aus solchen Gründen bringen sich die Leute um. Vielleicht begreife ich allmählich Tschechow. Die Leute bringen sich um, weil sie nicht sie selbst sein wollen. Und das werde auch ich programmgemäß tun, ehrlich, wenn auch nicht unter den in unserem blöden Pakt festgelegten Bedingungen. Mit 30 werd ich's tun, wenn ich's bis dahin nicht geschafft habe, Anna (oder wen auch immer) zu lieben oder zu verlassen, wenn ich's nicht geschafft habe, diese Lähmung, dieses Zaungastdasein zu überwinden; wenn ich dem, der ich (unstreitig) bin, immer noch nicht in die Augen sehen kann.

Beiläufig registriert man eine große Ungläubigkeit, daß man tatsächlich lebendig ist und aus diesem Grund wirklich in Zusammenhang mit anderen Menschen steht, ein Zusammenhang, der es mit sich brachte, Dinge zu tun, durch die eine gewisse Art von Geschichte gemacht wurde und Leben – ein neue richtiger Mensch wie ich – entstanden ist.
Klar daß jemand, der Formulierungen wie »Beiläufig registriert man« verwendet, zu diesem Zeitpunkt überhaupt nichts unternehmen wird.
Ich hasse mich.
Ich hasse hasse hasse mich.
Ich habe das hier noch einmal durchgelesen und kann es gar nicht oft genug wiederholen: Ich hasse mich. Verachte mich. Ich werde wirklich ganz wild vor Wut, wenn ich morgens aufwache und entdecke, daß ich's immer noch bin.
Auf einmal liegt alles so klar auf der Hand.

Roger kam zurück. Er landete, kam mit seinen beiden Koffern direkt vom Flughafen und blieb die ganze Nacht in meinem Zimmer, in meinem Bett, und es war erst die zweite Nacht, die wir von Anfang bis Ende gemeinsam verbrachten.
Wenn ich daran denke, wie erstaunlich gefühlsbetont es war und wie aufregend, und wie er sogar geweint hat und mit dem Kleinen ganz vertraut umzugehen schien, ihn auf seinem Knie auf- und niederwippen ließ und ihn Baby Bob und seinen blauäugigen klei-

nen Racker nannte und über mir stand, während ich die Windel wechselte, die schmutzige Windel in eine Plastiktüte warf und zum Mülleimer trug, wenn ich an seine erste Nacht nach Amerika denke, kommt es mir unglaublich vor, daß wir am nächsten Tag nicht einfach zum Standesamt gingen, heirateten und bis ans Ende unserer Tage wahnsinnig glücklich miteinander waren.
Aber das taten wir nicht.
Am Morgen küßte er mich überall und sagte, meine Brustwarzen seien wahnsinnig aufregend, wie sie zu großen dunklen Kirschen angeschwollen seien, und daß ich viel mehr Busen hätte als vorher, ohne um Hüften und Taille groß zugelegt zu haben (schließlich hatte ich ja auch auf dem Teppich diese Übungen durchgeackert, um rechtzeitig vor seinem Eintreffen wieder meine alte Figur zu kriegen) –, ja und alles in allem sei ich sein ungemein süßer Schatz, sagte er, und früh um halb acht fuhr er mit dem Bus nach Ealing, damit er noch sein Auto bei seiner Vermieterin abholen und rechtzeitig vor neun zur Arbeit fahren konnte; dabei hätte er genausogut um halb neun bei mir um die Ecke den Bus zur Arbeit nehmen und sein verfluchtes Auto abends holen können.
Ich kuschelte mich in meinem Morgenmantel nahe an den Gasofen und stillte Bobby. Zwischen Schwangerschaft und Mutterschaft gab es einen merkwürdigen Unterschied. Als ich in anderen Umständen war, hatte ich noch so viele Zweifel, ob ich auch das Richtige tat, hätte ich nicht vielleicht doch abtreiben lassen sollen, hätte ich ihn vielleicht zur Adoption frei-

geben sollen, damit er in einer stabilen Familie statt unehelich aufwachsen konnte und so weiter – Zweifel, die andere Leute mit ihrem Gerede ausgelöst hatten. Aber als Bobby schließlich da war und schniefte, warm war, roch, was auch immer, war es unmöglich, noch Zweifel zu haben. Ich trug ihn im Arm, drückte ihn an mich, spürte seine Haut, sein Gewicht, schrie auf, wenn er zu fest an meinen Brustwarzen nuckelte, und er war einfach da, eine Tatsache, Teil jenes Schicksals, das ich gespürt und an das ich geglaubt hatte (mir eingebildet hatte, wie Roger mir später versicherte). Man konnte sich unmöglich vorstellen, daß es besser gewesen wäre, wenn es ihn nicht gegeben hätte, außer auf einer ganz seichten praktischen Ebene, so wie man sich manchmal vorstellt, es wäre besser, wenn man im ersten Stock statt im zweiten wohnte oder wenn man stinkreiche Eltern hätte. Und es war unvorstellbar, daß ich ihn zur Adoption freigegeben hätte. Logisch betrachtet waren natürlich Millionen Menschen besser geeignet als ich, für ihn zur sorgen. Besonders was den finanziellen Aspekt anging. Zugegeben, sogar Leute, die ihn wahrscheinlich besser erziehen könnten als ich (wenn auch vielleicht nicht besser als Roger). Aber solche Argumente wirkten richtig albern, wenn ich seinen Körper spürte und wußte, daß ich ihn mit Roger gemacht hatte, daß er dieser Liebe entstammte, deshalb liebte ich ihn und nicht bloß, weil ich Kinder wollte. Er war ein Teil von mir, gehörte zu meinem Leben. Nicht daß er mir gehörte, aber er war mit mir verbunden; wir waren zu gleichen Teilen miteinander verbunden. Ob-

wohl man ihn manchmal am liebsten aus dem Fenster geschmissen hätte, wenn er die halbe Nacht durchbrüllte.
Ich stillte Bobby, kuschelte mich nahe an den Gasofen und hörte mir im Bildungsprogramm was Politisches an, und als er fertig war, Bäuerchen gemacht hatte und ich ihm seinen Tee gegen Blähungen verabreicht, ihn zum Schlafen gebracht, das Zimmer aufgeräumt, das Frühstücksgeschirr abgewaschen und die sonstigen Unmengen blöder Handgriffe erledigt hatte, die man eben erledigen muß, bevor man tief durchatmen kann, dachte ich mir, ich könnte ja mal Rogers Koffer öffnen und seine Klamotten waschen, die er wahrscheinlich zu seiner Vermieterin zum Waschen mitnehmen wollte. Ich war ziemlich wütend, daß er wohl immer noch in sein Zimmer nach Ealing zurückwollte, obwohl ich ihm gesagt hatte, das sei überflüssig und er dürfe herzlich gern in meinem Einzimmerapartment bleiben, wenn er wolle.
Ich war wütend, aber gleichzeitig ungewöhnlich gelassen. Wie gesagt, in meinen Augen war das Baby eine zu reale Verbindung zwischen uns, als daß Roger es ignorieren konnte. Außerdem empfand ich es als einen überwältigenden Sieg meinerseits, daß er vom Flughafen direkt zu mir gekommen war und daß ich ihn doch wieder in den Armen gehalten hatte, wo ich doch so oft befürchtet hatte, ich würde ihn nie wiedersehen – und dann hatte er sogar geweint, salzige Tränen, die ich fortküßte. Was mich richtig erschüttert hatte.

Ich öffnete also seine Koffer, um seine Wäsche zu waschen, und dabei fiel mir fast als erstes das Zeug in die Hände, was er im Flugzeug geschrieben hatte.
Ich kniete neben seinen Koffern auf dem Teppich, und las es zitternd und in rasender Eile durch. Mir kam es obszön vor, oder als stammte es von einem anderen Planeten. Dann setzte ich mich regungslos in meinen einzigen Sessel, las es Zeile für Zeile noch einmal durch und versuchte zu begreifen, was dort wirklich stand, weil ich einige Stellen nicht richtig kapiert hatte. Ich saß völlig regungslos da, weil ich Angst hatte, einen Tobsuchtsanfall zu bekommen und alles mögliche kurz und klein zu schlagen, sobald ich mich bewegte. Die Seiten hielt ich fest umklammert, und selbst als Bobby aufwachte und zu brüllen anfing, tröstete ich ihn nicht, sondern las weiter, und zwar die Stelle über Natalie, wo er schrieb, er sei mit ihr ins Bett gegangen, obwohl er beschlossen hatte, es nicht zu tun. Mir wurde schlecht bei dem Gedanken, daß er mit einer anderen zusammen war und eine nackte Frau ihn berührte und ihm etwas über Expressionismus erzählte, was immer das sein mochte.
Mrs. D steckte den Kopf durch die Tür und wollte wissen, ob ich Schwierigkeiten mit Bobby hätte, weil er so weinte, sie war nämlich mittlerweile ständig auf der Suche nach Ausreden, um vorbeikommen und mit ihm spielen zu können, und als sie mich dasitzen und nichts tun sah, während Bobby in der anderen Ecke des Zimmers brüllend in seinem Bettchen lag, muß sie mich wohl für eine drittklassige Rabenmutter gehalten haben.

Trotzdem kam sie ins Zimmer und sagte, das seien bloß postnatale Depressionen, weiter nichts. Wir sollten zusammen Einkaufen gehen, um auf andere Gedanken zu kommen.
Ich ließ sie mich in meinen Mantel und Bobby in seinen Kinderwagen packen, und dann bummelten wir über die Acton High Street und versuchten zu verhindern, daß der Wind unsere Regenschirme fortwehte. Auf dem ganzen Weg, während sie über dieses oder jenes Stück Fleisch plauderte und daß Mr. D am liebsten gelbe Butter aß, dachte ich, ich hätte meine Wut nicht durch diese alberne Expedition zerstreuen lassen dürfen. Ich hätte umgehend mit Bobby in den Bus steigen, geradewegs ins Büro fahren, den Kleinen aufs Rogers Schreibtisch knallen und sagen sollen, hier, der gehört dir, Freundchen. Verlaß mich also oder mach, was du verflucht nochmal machen willst, aber stell dich wenigstens dem Leben, wie es ist.
Wenn ich nicht davon überzeugt gewesen wäre, ihn durch so eine Szene mit Sicherheit zu verlieren.
Als wir die West Churchfield Street überquerten, begegneten wir meiner Mutter, und es war unübersehbar, daß sie und Mrs. D sich fest vorgenommen hatten, gute Freundinnen zu werden, wie immer bei Leuten kurz vor dem Rentenalter, damit sie nicht zu sehr allein gelassen werden, und sie stritten sich, wer in dem griechischen Café an der Brücke wem einen Kaffee und einen Krapfen ausgeben sollte. Meine Mum gewann, doch das Café war wegen Umbau geschlossen.
»Du bist heute aber schweigsam«, sagte meine Mut-

ter zu mir, und Mrs. D erklärte, ich hätte nur eine kleine postnatale Depression. Ich fragte mich, ob sie genauso bildungsprogrammsüchtig war wie ich, weil es genau darüber in der Nacht vor Rogers Rückkehr eine Expertenrunde gegeben hatte, in der sie allerdings zu dem Schluß kamen, daß es sich sehr wahrscheinlich nur um einen Begriff für eins dieser Dinge handelt, die es medizinisch gesehen eigentlich gar nicht gibt, auch wenn einigen Leuten ihre Hormone übel mitspielen. Um mir das anzuhören, hatte ich bis zwei oder drei Uhr morgens aufbleiben müssen.
»Nach Anna war es bei mir genauso«, sagte Mum, »aber nicht nach Brian«, und dann erzählte sie zum millionsten Mal, wie Bobby bei der Geburt genau die gleiche Nase wie Brian gehabt habe, und daß sie sich manchmal frage, ob an der Reinkarnation nicht doch etwas dran sei, obwohl es der Pfarrer immer abstreite. Mrs. D sagte, daran müsse sie auch immer denken, wenn sie überfahrene Tiere auf der Straße sähe, und wie traurig das doch sei.

Ich verriegelte die Tür, so daß er klopfen mußte, als er abends zurückkam.
»Du kannst nicht rein«, sagte ich. »Hau ab.«
»Was?«
»Verpiß dich.«
»Anna!«
»Ich hab gelesen, was du im Flugzeug geschrieben hast. Ich will nicht, daß du reinkommst.«
Halb war es mir ernst und halb war es eine Art Test, nehme ich an.

»Das hättest du nicht tun dürfen. Du hättest meinen Koffer nicht öffnen dürfen.«
Er stand nur ein paar Zentimeter entfernt auf der anderen Seite der Tür.
»Du kannst nicht einfach im Privateigentum anderer Leute rumschnüffeln«, sagte er.
»Ich hab dein Kind gekriegt«, erwiderte ich. »Ich kann tun, was ich verdammt nochmal will.«
»Schrei doch um Himmels willen nicht so rum. Alle können uns hören.«
»Genau das will ich auch.«
In Wirklichkeit war ich aus genau diesem Grund ziemlich leise geblieben.
»Jedenfalls muß ich kurz reinkommen, um meine Koffer zu holen.«
»Ich hab sie draußen in den Hof gestellt. Du kannst hinten rumgehen und sie holen; das Tor ist offen.«
»Aber Anna!«
Eine kurze Pause, dann sagte er: »Himmel, es regnet, die sind ruiniert!« und dann flitzte er aus der Haustür nach hinten.
Ich stellte mich an die gläserne Hintertür, über der ein zerknitterter Spitzenvorhang hing. Er kam in den Garten, hob die beiden feuchten Koffer auf und zögerte kurz. Dann kam er zur Tür.
»Ich weiß, daß du da bist, Anna.«
Natürlich mußte er leise sprechen.
»Laß mich bloß für eine Minute rein, vielleicht können wir dann diese Sache klären.«
»Wie denn? Indem du so tust, als hättest du nie mit ihr geschlafen?«

»Laß uns einfach drüber reden, Gott im Himmel. Wir wollen uns doch wie zivilisierte Menschen benehmen.«

»Wer von uns weiß denn nicht, wie sich zivilisierte Menschen benehmen, und schreibt so scheußliche Sachen?«

»Nun mach mal'n Punkt, Anna!«

Dann ließ ich ihn rein.

Wenn ich jetzt darüber nachdenke, hat mir bei seinem Geschreibsel eigentlich nicht die Geschichte mit dieser Natalie so zugesetzt. Ich meine, darauf war ich gewissermaßen vorbereitet gewesen, und ich konnte es sogar verstehen – man könnte fast sagen, er hat einen draufgemacht, eine Art Ferienabenteuer, bevor er zu mir zurückkam. Das konnte ich vergeben. Ich hatte schon beschlossen, es zu vergeben. Es war zwar krank, aber so was ertrug ich. In gewisser Weise war es sogar beruhigend, oder wenigstens konnte ich es für mich zu etwas Beruhigendem zurechtbiegen. Na gut, er hat eben mal einen Seitensprung gemacht, so sind Männer eben, wenn sie nicht zufällig Malcolm heißen; aber letzten Endes war er zu mir zurückgekommen.

Nein, nicht Natalie war schuld, sondern der Ton, in dem er das alles geschrieben hatte, machte mich fertig. Wie konnte er so über alles schreiben, ich meine, auf diese Art und Weise? Wie konnte er davon reden, er wolle seine Frauenprobleme lösen, um sich endlich auf die wirklich wichtigen Dinge konzentrieren zu können? Wie konnte er eben noch behaupten, daß er mich liebt, und ein paar Sätze später schreiben, mit

seinem Schwanz lasse sich schwerer umgehen als mit einer Kneifzange und wenn es mich nicht gäbe, würde er nicht wollen, daß ich existierte? Ich liebte ihn von ganzem Herzen, wirklich. Ich liebte seine Haare, seine Augen, sein Gesicht, ich liebte ihn so, wie er war. Ich liebte, wie er sich mit der Hand durchs Haar fuhr. Ich wollte ihn auch in Zukunft lieben, weil es zu schwer sein würde, damit aufzuhören. Kaum war er zurück und stand vor mir, hatte sich meine Unabhängigkeit in Luft aufgelöst. Ich liebte ihn, und wie. Nachdem ich diese Seiten gelesen hatte, fühlte ich mich nur bespuckt, beschmutzt. Und darauf kam es an, weniger auf die Person Natalie. Schließlich befand sie sich jetzt auf der anderen Seite des Atlantiks.
Doch über Natalie redeten wir, als hätten wir das vorher so verabredet. Auf einmal schien es kein leichteres Gesprächsthema als Natalie zu geben.
Er kam ins Haus, noch von der Arbeit nach Zigaretten riechend, stand lammfromm neben der Tür, ohne auch nur zu versuchen, mich in den Arm zu nehmen, da er wußte, ich würde es nicht wollen, und sagte, natürlich sei ich völlig, aber auch völlig im Recht, was könne er darauf erwidern? Er habe sich wie ein typischer Scheißkerl verhalten, und dafür gäbe es keinerlei Entschuldigung. Er habe sich so verhalten, wie es Mr. G getan hätte.
»Erzähl mir von ihr«, sagte ich.
Er schüttelte den Kopf. Das sei vorbei, er wolle nicht mehr daran erinnert werden.
»Nein, ich will's wissen.« Ich ließ nicht locker. »Ist sie groß?«

»Größer als du.«
»Und hübsch?«
»Einigermaßen. Hör mal, Anna, was erwartest du von mir? Wenn du wüßtest, wie ich das empfinde, aber...«
»Vielleicht solltest du zu ihr zurückkehren.«
Er schüttelte den Kopf und fuhr sich mit der Hand durchs Haar. Als er etwas sagen wollte, unterbrach ich ihn.
»Soll das heißen, daß sie sogar noch besitzergreifender ist als ich?«
Er ging durch die Kochnische in mein eigentliches Zimmer und blieb neben dem Bettchen stehen. Er betrachtete Bobby, und als ich nachkam, sagte er, ihm fehlten die Worte. Entschuldigungen habe er keine. Ich hätte ja seinem Brief entnommen, wie abgrundtief er sich hasse. Gott, wie er sich hasse. Wenn ich auch nur einigermaßen vernünftig wäre, solle ich ihm die Tür weisen. Er wünschte, er wäre nie nach Amerika gegangen. Er wünschte, er wäre mir nie begegnet, wo er mir doch immer nur Leid zufüge.
So wie er das sagte, war es ihm wirklich bitterernst. Man sah, daß er genau das wünschte. Seinem Gesichtsausdruck konnte man entnehmen, daß er verletzt war und um Hilfe flehte. So standen wir einfach da und beobachteten uns gegenseitig.
»Bleib hier, Roger«, sagte ich. »Wenn wir zusammenleben, können wir auch zusammen denken und fühlen. Dann entfällt dieses ewige Gezerre. Ich liebe dich immer noch.«
Er schluckte und bekam feuchte Augen. Die Sache

war die, daß ich meine Verluste nicht abschreiben konnte; es ging einfach nicht. Ich hatte so viel in Roger investiert. Ihm den Laufpaß zu geben, hätte meine Welt zum Einsturz gebracht.

»Ich weiß, daß nicht viel Platz ist, aber heute habe ich Mr. G angerufen, und der ist froh, wenn ich nächsten Monat wieder zur Arbeit komme. Mrs. D sagt, jetzt, wo er entwöhnt ist, kümmert sie sich für ein paar Pfund die Woche um den Kleinen. Wenn du willst, kannst du bei PP aufhören und während ich arbeite tagsüber hier schreiben. Sieh mal, du kannst tun, was du wirklich willst. Mein Lohn reicht bequem für Miete und Einkaufen; sogar für Benzin, die ganze Zeit. Was brauchen wir sonst noch?«

Er beugte sich reglos über das Bettchen.

»Wir würden so *glücklich* sein, Roger.«

»Ich weiß«, sagte Roger. Eine Träne war seine Wange herabgelaufen, doch jetzt brachte er ein kleines gequältes Lächeln zustande, das nur seine Mundwinkel in Fältchen zog. Auch jetzt noch kann ich mich genau daran erinnern, ein Lächeln, das sowohl sardonisch als auch zerknirscht hätte sein können - vielleicht versuchte er aber auch nur, noch mehr Tränen zu unterdrücken. Dann sagte er: »Dann lasse ich also meine Koffer hier.«

»Versprochen?«, sagte ich. »Du machst besser keine Witze.«

»Versprochen.«

Als er das gesagt hatte, raste ich durchs Zimmer und umarmte ihn ganz fest und verlangte, daß er mich ein wenig hochhob und herumwirbelte, wie wir es früher einmal getan hatten, doch in meinem einen Zimmer war nicht genug Platz. Auf einmal war ich ganz verrückt vor Erleichterung bei dem Gedanken, daß nun doch alles in Ordnung kommen würde, als hätte er das, was ich in seinem Koffer gefunden hatte, eigentlich gar nicht geschrieben, als weigerte sich ein Teil von mir, es zu glauben. Es war nur ein Alptraum. Wir packten also Bobby in den rostigen Kinderwagen und gingen zum Acton Park, wo Roger mich auf dem Rasen umherwirbelte. Er wirkte ehrlich und wahrhaftig glücklich, sagte mit Tränen in den Augen, wie wunderbar ich sei und wie großzügig von mir, ihm zu vergeben, und wie ansteckend meine Liebe sei – eine ansteckende Krankheit, sagte er –, und bevor wir nach Hause gingen, kehrten wir zur Feier des Tages auf einen Schluck in den Pub beim Bahnübergang ein, dessen Namen ich mir nie merken kann.

Wir machten uns gerade bettfertig, da sagte er, das einzige Problem sei, daß er seine Miete schon bis Ende Mai bezahlt habe.

»Na und?«

Er wolle morgen mit seiner Vermieterin darüber reden.

»Sie ist scharf auf dich«, erzählte ich ihm. »Als ich damals mit ihr sprach, sagte sie, wenn sie ein bißchen jünger wäre, würde sie versuchen, dich 'rumzukriegen.«

Mitten in der Nacht wachte ich auf, und er lag starr und steif neben mir auf dem Rücken. Er könne nicht schlafen. Jedesmal wenn er einnicke, habe er einen

gräßlichen Alptraum. Nichts Konkretes, nur ein entsetzliche Lähmungsgefühl im Kopf, so daß er sich wieder zum Wachwerden zwingen müsse, und manchmal komme es ihm vor, als würde er nie mehr aufwachen können. Als würde er sterben.
Jetzt fürchte er sich sogar davor, die Augen zu schließen.
Ich berührte ihn, und er war gleichzeitig völlig verschwitzt und hatte eine Gänsehaut.
Ich stand auf, schaute nach Bobby, kam wieder ins Bett und strich Roger übers Haar. »Schlafe, mein Roger, schlaf ein«, flüsterte ich ihm ins Ohr. »Lieber Roger, müder Roger. Müder, armer, böser Roger.«
Wir waren nackt, und ich streichelte ihn, und irgendwann gegen vier Uhr morgens schlief er endlich ein.
Ich dachte, ich würde mich nie auf ihn verlassen, ihm nie vertrauen können; er war so wankelmütig. Doch gleichzeitig kam ich mir irgendwie älter vor als er, so als sei er darauf angewiesen, daß ich für ihn sorgte; ich dachte, ich würde ihn endgültig behalten; ich würde ihn behalten, weil ich sonst mein Leben nicht ertragen könnte. Konnte ich ihn nicht behalten, würde ich die ganze Welt in Stücke reißen. Dann würde ich bestimmt irgend etwas Verrücktes tun.

Wenn es einen Teil dieser Geschichte gibt, aus dem man nur schwer schlau wird, dann aus dem folgenden. Auch ich schaffe es nicht. Das wird mir jetzt klar. Manchmal frage ich mich sogar, ob Worte das schaffen können. Wenn ich an all die Worte denke, die zwischen uns gefallen sind, an all die Worte, die ich mir damals im Radio angehört, oder an all die Worte, die ich in Büchern oder Zeitschriften gelesen habe, kommen sie mir alle so hoffnungslos, so nutzlos leichtgewichtig vor, als warteten sie bloß darauf, in die Luft aufzusteigen und sich in alle Winde zu zerstreuen wie Gas. Dagegen war das, was in unserem Inneren, mit uns, zwischen uns geschah, das, was uns veränderte und zerstörte, diese Dinge waren unvorstellbar schwer, erdrückend und erstickend, und mit etwas so Leichtem wie Worten schienen sie überhaupt nichts gemein zu haben.

Einmal sagte ich zu Roger, wozu das ganze Gerede, wenn wir sowieso keinen Schritt weiterkommen, und er erwiderte, Worte seien ein Trost. Man könne, sagte er, das Leid anhand der Anzahl von Wörtern abschätzen, die zu äußern sich die Leute bemüßigt fühlten.

Wahrscheinlich weinten Babys so viel, sagte ich, weil ihnen die tröstenden Worte fehlten.

Er lachte, kitzelte mich und sagte, was mir doch manchmal für ulkige Sachen einfielen. Er suchte ständig nach Vorwänden, um zu lachen, mich zu kitzeln und alles zu vergessen. Aber das tat ich ja ehrlich gesagt auch. Keiner von uns wollte über das, was geschah, ernsthaft nachdenken, aus Furcht, dann etwas unternehmen zu müssen.

Nach seiner Rückkehr aus Amerika schlief er eine Woche lang jeden Abend bei mir, brachte in seinen beiden Koffern etwas Kleidung und andere Sachen

aus Ealing mit und schob alles unter das Bett, außer seiner Dienstkleidung, die er auf einen Kleiderbügel in meinen Schrank hing.
Er habe alles mit der Vermieterin besprochen, sagte er, die Geldfrage.
Und ich sollte mir über das, was er im Flugzeug geschrieben hatte, nicht den Kopf zerbrechen. Ehrlich. Das sei eben so seine Hamlet-Spielerei. Nur eine Pose. Er sei richtig glücklich, wirklich. Er wäre ja hirnverbrannt, ein Mädchen wie mich sitzenzulassen. Das mit Natalie sei ein einziger schrecklicher Fehler gewesen.
Wenn er mich deprimiert antraf, versuchte er so angestrengt, mich aufzuheitern, daß es wehtat. Er sagte Sätze wie: »Natürlich liebe ich dich.«
Was denn mit seinen Papieren und dem ganzen Kram sei, fragte ich. Ich stellte mir vor, wir könnten aus ein paar Milchkästen aus Plastik und einer Holzplatte vielleicht am Fenster eine Art Schreibtisch bauen. Wenn wir mal einen Augenblick Zeit hätten.
Doch statt endgültig umzuziehen, besuchte er am Wochenende Neville in Cambridge.
Ich wäre gern mit nach Cambridge gefahren, weil ich einen Tapetenwechsel brauchte und es nett gewesen wäre, bei warmem Wetter auf dem Rasen vor seinem College zu sitzen und Bobby durchs Gras zu kullern, das nicht so voller Hundedreck war wie im Acton Park. Aber Roger sagte, mit einem Baby könne er uns während des Semesters nie und nimmer ein Zimmer im College reservieren lassen. Ich hätte darauf bestehen und sagen können, dann eben im Hotel, ein

Mann mit einem Passat Diesel konnte sich doch bestimmt ein Hotelzimmer leisten, oder? Aber er wollte wohl unbedingt allein fahren.
Etwa zehn Minuten nachdem er am Sonntagmorgen losgefahren war und ich mich gerade auf den Weg zum Waschsalon machen wollte, platzte meine Mum ohne anzuklopfen ins Zimmer und wollte wissen, wo »dieser Mann« sei.
Wie sich herausstellte, hatte Mrs. D ihr Bescheid gesagt, daß jemand bei mir im Haus wohnte.
»Ausgegangen.«
Sie atmete schwer, und ihre Nasenlöcher bebten, aber merkwürdig, obwohl sie zweifellos gekommen war, um ihm mal deutlich die Meinung zu sagen, hatte sie dafür ihren besten Rock und ihre beste Jacke angezogen, ihr Haar zurückgekämmt, mit Haarfestiger bearbeitet und haufenweise Lidschatten aufgetragen, damit ihre Augen größer wirkten, meine Mutter hat nämlich ein großflächiges Gesicht und kleine Augen.
»Dann weiche ich eben nicht von der Stelle, bis er zurückkommt.«
Sie setzte sich in den Sessel, verschränkte die Arme und schwieg entschlossen.
»Er ist nicht der, den du meinst.«
Sie starrte mich an.
»Der Vater ist der Bursche, der irgendwann mal abends vorbeikam, der kleine Dunkelhaarige. Dieser hier ist ein anderer. Er ist blond.«
Meiner Mutter war wohl nie der Gedanke gekommen, ich könnte mehr als einen Liebhaber gehabt ha-

ben. Ich glaube, sie hat in ihrem ganzen Leben nur mit meinem Dad geschlafen, und natürlich hatte sie mir automatisch die Rolle des Opfers zugewiesen, so wie eigentlich alle anderen auch, doch selbst wenn sie recht hatten, wollte ich nicht für eins gehalten werden. Ich glaube, ich hatte mir vorgenommen, wenn ich schon keinem die Wahrheit sagte, sollten mich die Leute wenigstens für modern und unabhängig halten.

»Tut mir leid, Mum«, sagte ich, »aber den hier anzubrüllen ist zwecklos.«

»Dann bist du also ein kleines Flittchen«, sagte sie.

Auch ich hatte die Arme verschränkt und stand neben der Trennwand vor der Kochecke. »Brian hatte eine Million Freundinnen und ist mit allen ins Bett gestiegen, aber da hast du nichtmal mit der Wimper gezuckt.«

»Untersteh dich!« Sie erhob sich. »Untersteh dich, so von deinem Bruder zu sprechen!«

Ihr Gesicht war feuerrot und spannte sich eng um ihre Lippen, und einen Moment lang dachte ich, sie würde mir eine runterhauen. Doch dann brach sie bloß in Tränen aus und saß schluchzend auf der Bettkante. »Du bist froh, daß er tot ist«, sagte sie. »Ich weiß es, du bist froh, daß er tot ist, das warst du schon immer. Brian war dir immer schnuppe. Ich begreife dich nicht. Ich begreife nicht, wie du so grausam sein kannst. Und gerade jetzt, wo wir alle so glücklich waren und dein Dad auf Rente gehen wollte und...«

Sie brach völlig zusammen und in lautes abgehacktes

Schluchzen aus, so daß ich mich neben sie setzen, sie trösten und ihr eine Packung Papiertaschentücher holen mußte. Bald darauf stimmte der Kleine mit ein, und schließlich schaukelten wir ihn auf unseren Knien, knuddelten ihn, kniffen ihn in sein winziges Näschen und wippten mit unseren Beinen, während meine Mutter gleichzeitig schniefte, halb lachte und heulte und befürchtete, all die Tränen hätten ihr Make-up ruiniert.
»Was soll er bloß von mir denken, wenn er jetzt nach Hause kommt?«
»Wer?«
»Dieser Kerl von dir!«
»Der kommt nicht vor Montag zurück.«
Dann wollte sie wissen, wie er denn so wäre, und da ich ihr ja weisgemacht hatte, daß er nicht der Vater sei, erzählte ich ihr alles über Roger und beschrieb ihn, wie intelligent er sei, wie ehrgeizig und gutaussehend. Als ich ihr so von ihm erzählte, verliebte ich mich prompt wieder in ihn und fühlte mich glücklich und verzweifelt zugleich, weil ich mich zwar irgendwie durchgesetzt hatte, schließlich wohnte er jetzt bei mir, aber trotzdem alles falsch und widerlich war, wo er so schreckliche Dinge geschrieben hatte, wie sollte ich meiner Sache jemals sicher sein.
»Nett von ihm, daß es ihn nicht stört.«
»Was?« fragte ich.
»Das verflixte Baby!« Den anderen Knilch könnte sie umbringen, sagte sie, sie begreife nicht, warum ich ihn so lange verteidigt, warum ich das Baby bekommen hatte.

Ich zuckte mit den Schultern.
Und doch habe der Kleine Brians Nase, sagte sie, bis aufs I-Tüpfelchen, dafür könne man wirklich dankbar sein, und nach dem zweiten Frühstück schob sie mit mir den Kinderwagen zum Waschsalon.

Roger sah ich nicht vor Montagmorgen, als ich zum erstenmal wieder zur Arbeit ging, und natürlich konnten wir im Büro nicht reden, schließlich mußten wir uns immer noch verstellen wie früher, weil er es immer noch keinem gestanden hatte. Ich dachte oft, wie verrückt es von mir war, es keinem zu erzählen, aber das Problem war, daß ich inzwischen zu tief in der Geschichte drinsteckte. Wenn ich es verriet, würden die Leute fragen, warum wir es ihnen nicht eher gesagt hatten, und dann würden sie Roger dermaßen aufziehen und ihm das Leben so schwer machen, daß er uns verlassen würde – das Büro, mich, alles. Sie würden fragen, warum er sich wie ein Mistkerl benommen hatte und in Amerika geblieben war, während ich das Kind bekam.
Erst als ich darüber nachdachte, wie andere unsere Beziehung sahen, merkte ich langsam, was für ein unglaublicher Mistkerl Roger in den Augen anderer gewesen war. Bei diesen Gedanken wurde mir klar, daß ich keinem die Wahrheit sagen konnte, weil mich alle sofort für verrückt erklären würden, da ich es mit einem solchen Mistkerl ausgehalten hatte, und sie würden nicht begreifen, daß ich mir ein Leben ohne

ihn nicht vorstellen konnte. Außerdem wollte ich nicht, daß andere über uns Bescheid wußten und uns kritisierten. Das zwischen Roger und mir war nämlich so zerbrechlich, daß ich Angst hatte, wenn wir es ans Licht brächten, würde es sich auflösen und verschwinden, wie die Mumien, die man angeblich nicht öffnen darf, oder die Höhlengemälde aus der Steinzeit, die sich niemand ansehen darf, weil sie sonst zerfallen. Unsere Liebe war zwar da, das wußte ich, ließ sich aber nicht leben; wir waren offenbar nicht in der Lage, sie in unseren Alltag einzubauen.
Anfangs hatten wir keinem von uns erzählt, weil Roger nicht gerade stolz auf mich war und weil er glaubte, daß die Ereignisse eigentlich gar nicht stattgefunden hätten, wenn man anderen Leuten nichts davon erzählte, oder daß man sich ihnen wenigstens relativ problemlos kurzfristig entziehen könne (er sagte sogar, falls wir uns trennen würden, sei es einfacher für mich, wenn keiner Bescheid wüßte) – aber jetzt war es anders, jetzt konnten wir es keinem sagen, weil etwas passiert war, nämlich das Baby, und die Leute würden fragen, warum wir sie nicht früher informiert hätten. Mich störte das nicht, aber er würde es nicht ertragen. Er würde sich aus dem Staub machen.
Im Büro hatten sie ein neues Ablagesystem eingeführt, so daß ich Ewigkeiten rumlief und suchte, wo ich Sachen ablegen mußte, und wenn ich mich hinhockte, um im untersten Regal zu suchen, und dann plötzlich aufstand, mußte ich mich an einem Schreibtisch festhalten, damit ich nicht umkippte und in Ohnmacht fiel.

Ich hielt es für ein Verbrechen, keinem die Wahrheit zu sagen, eine Art heimliche Sünde, die immer schlimmer und immer gefährlicher wurde, je länger wir sie geheimhielten.
Alle waren nett und erkundigten sich nach dem Baby, und Jonathan erklärte, ohne eine Miene zu verziehen, ich sei so schnuckelig und sexy wie eh und je, und ihm falle es schwer, sich jetzt, wo ich wieder da sei, auf die Arbeit zu konzentrieren. Das sagte er, obwohl Mr. Buckley im gleichen Zimmer war, und selbst der brachte ein Schnauben und ein leichtes Lächeln zuwege und fragte mich, während er eine Telefonnummer wählte, ob ich irgendwelche Schwierigkeiten hätte.
Ich dachte, die einzige Möglichkeit wäre, daß Roger behauptete, er hätte sich nach der Geburt in mich verliebt. Doch das war gräßlich.
Und was sollte ich Bobby erzählen?
Oder wir zogen eine Million Meilen weit weg!
Andererseits war es ziemlich schwierig, sich vorzustellen, daß wir zusammenblieben, wenn wir beide nicht mehr bei PP arbeiteten.

»Da wären wir wieder«, sagte Jackie beim Mittagessen im Pub. »Und konnten zusammen nicht kommen.« Sie nickte in Richtung leitende Angestellte.
Wendy fragte mich bestimmt zum zehnten Mal, ob es ein Junge oder ein Mädchen sei. Man sah, daß sie sich nur ungern zum Mittagessen mit den Tippsen verbannen ließ. Sie sah sich ständig mit einem hungrigen, begierigen und angespannten Gesichtsausdruck

um, wobei sie die Augen aufriß und ein wenig überanstrengte, ein sicheres Indiz für Kontaktlinsen. Ihre Fingernägel waren blau lackiert, und die schmalen gepflegten Finger knetete sie unentwegt auf dem Tisch.

»Wendy ist in Crukers verknallt«, sagte Jackie.

»Ist ja gar nicht wahr.«

Crukers war ihr Spitzname für Roger.

»Du tauchst immer dann in der Designabteilung auf, wenn er auch da ist.«

»Das mach ich gar nicht.«

»Und ob.«

»Na, und wenn schon? Er ist der einzige akzeptable Mann weit und breit.«

»Kommst du wieder mit in die Disco?« fragte mich Jackie.

Aber ich verneinte.

»Wir sind pervers.«

»Ich weiß.«

»Ich meine, weil wir's keinem sagen.«

»Ich weiß sehr gut, was du meinst.«

»Bei deinem Anruf aus Amerika hast du gesagt...«

»Ich weiß, was ich gesagt habe.«

»Wenn wir nämlich...«

»Das brauchst du mir nicht dauernd unter die Nase zu reiben, guter Gott, glaubst du denn, ich hab das selbst nicht schon oft genug durchgekaut?«

»Aber Roger, als...«

»Hör schon auf.«

»Ich liebe dich, Roger, ich...«

»Ich weiß, daß du mich liebst, ich weiß alles über deine Liebe.«
Er wollte aus dem Haus gehen und einen Hamburger essen, aber ich nicht, weil Bobby schlief. Und weil Bobby schlief, mußten wir uns leise unterhalten. Obwohl wir am liebsten geschrien hätten.
»War's schön bei Nev?«
»Nein.«
»Warum nicht?«
Er zuckte mit den Achseln. »Komm, wir gehen aus.«
»Aber Bobby...«
»Dann nehmen wir ihn eben mit, verflucht nochmal. Davon geht die Welt auch nicht unter.«
»Wenn du hier deinen Schreibtisch aufstellen würdest, könntest du arbeiten, während ich lese. Ich dachte eigentlich, das wolltest du abends tun.«
»Ich kann nicht arbeiten, wenn jemand anders mit mir im Zimmer ist.«
»Ich bin nicht jemand anders.« Und dann sagte ich: »Hier drin herrscht Grabesstille, Roger. Was Ruhigeres wirst du nirgendwo finden. Allein hatte ich hier Angst, ehrlich. Darum hab ich das Sicherheitsschloß einbauen lassen.«
Ich hätte Angst vor allem, was nicht rosenrot sei, sagte er. »Diese Lampe ist ekelhaft, die mit den Blasen. Wirklich ekelhaft.«
Wir fuhren mit seinem Passat nach Strand-on-the-Green, wo wir uns in einen der Pubs setzten und auf den Fluß sahen.
»Ist es dir peinlich, wenn die Leute dich für den Vater halten?«

»Ich bin der Vater.«
Er hatte Bobby den ganzen Weg von der Kew Bridge getragen, weil er Kinderwagen für das letzte hielt. Um nichts in der Welt würde er sich beim Schieben eines Kinderwagens ertappen lassen.
»Das weiß ich. Stört es dich denn?«
»Nicht besonders. Solange ich keinen Kinderwagen schiebe.«
Wir tranken ziemlich viel, und er wirkte entspannter. Wir seien in einer faszinierenden Lage, sagte er, und dafür habe Neville absolut kein Verständnis. »Er will das Leben nie bis an die Grenzen ausloten.«
»Oh, ich mag Neville ganz gern. Nur damals nicht, als er dauernd behauptet hat, du seist bloß ein Schauspieler und würdest stimulieren und solche Sachen.«
»Hat er wirklich stimulieren gesagt?«
»Irgendwas in der Art; weiß nicht mehr, wie das Wort genau hieß, hab ich vergessen.«
»Egal, jeder ist ein Schauspieler; es kommt nur darauf an, daß man sich in seiner Rolle einrichtet.«
»Ich schauspielere nicht«, sagte ich, und er entgegnete ganz leise, im Gegenteil, ich sei die beste, überzeugendste und erotischste Schauspielerin, der er je begegnet sei, und deshalb habe er sich auch in mich verknallt, und dann beugte er sich über den Tisch und gab mir einen seiner kleinen Küsse auf den Mundwinkel, die »Cruikshank Special« hießen.
»Moschus mag zwar billig sein, aber es ist auch verdammt sexy«, flüsterte er mir ins Ohr.
»Bist du verknallt in mich, Roger?«
»Das trifft den Nagel auf den Kopf.«

Ich beobachtete ihn. »Warum ziehst du dann nicht endgültig bei mir ein, kündigst bei PP, und wir fangen ein richtig neues Leben an?«
Ein älterer Herr beugte sich im Vorübergehen zu dem auf meinem Schoß sitzenden Bobby herunter, um gugu-dada zu sagen.
»Da haben Sie ja 'nen richtigen kleinen Wonneproppen, meine Liebe«, sagte er, und Roger sagte: »Das werde ich tun.«
So war es eben, daß er so romantisch sein konnte, so sehr, wie ich es mir ersehnte, und dann rauschten wir beide aus diesen furchtbaren Spannungszuständen in ein fiebriges Liebesspiel; an diesem Abend sah das so aus, daß er – nachdem wir uns unter der Eisenbahnbrücke bei Gunnersbury geküßt, geknutscht und befummelt hatten, wobei Bobby ständig irgendwie im Weg war – wie ein Wahnsinniger nach Hause fuhr, wo wir ins Bett stürzten und er vorschlug, ich solle Bobby die Brust geben, während er von hinten in mir drin blieb, aber ich ließ ihn nicht. Ich sagte, wenn er am Steuer sitze, sei das immer wie in einem Fluchtwagen.
Apropos Fluchtwagen, sagte er, er habe noch etwas Beute von seinem letzten Raubzug im Kofferraum vergessen. Einen Sportwagen und andere Sachen für Bobby und ein Kleid für mich. »Hab ich in Cambridge gekauft.«
»O Roger!«, sagte ich.
Ich wollte unbedingt Anzeichen dafür erkennen, daß es bergauf ging.

Er hatte etwas Papier mitgebracht, über dem er abends am Küchentisch saß, aber weder brachte er seine Schreibmaschine mit, noch wollte er wie von mir vorgeschlagen einen Schreibtisch aufbauen.
Statt dessen kaufte er haufenweise Sachen für Bobby, Spielsachen und so weiter, um ihn anzuregen, wie er sagte, und er las Zeitschriftenartikel über pädagogisch wertvolles Spielzeug. Schließlich könne man nicht von mir erwarten, die ganze wirtschaftliche Belastung allein zu tragen.
Ich sagte, wenn ihn irgend etwas von den Möbeln oder anderen von mir aufgestellten Sache störe, solle er nach Belieben Veränderungen vornehmen; wenn ihm beispielsweise die orangefarbene Lampe mit den Blasen und so weiter nicht gefalle, dann könnte ich sie durchaus in einem Schrank verstecken und nur rausholen, wenn Dad zu Besuch komme, was höchstens alle Jubeljahre mal vorkäme.
Aber er sagte, er wolle sich nicht aufdrängen. Wenn sie mir gefalle, was offensichtlich der Fall sei, dann solle ich sie ruhig da stehenlassen – und da sie mir gefiel, ließ ich sie stehen. Außerdem las ich weiter in *Prinzessin Daisy*, schließlich mußte ich ja irgendwas lesen, während er schrieb, da ich das Bildungsprogramm nicht mehr einschalten konnte, und als er sich über mich lustig machte und ich sagte, na schön, schlag was anderes vor, solange es nicht T. S. Eliot oder Kenneth Galbraith ist, empfahl er mir ein Buch von John Fowles, das *Der Sammler* hieß, und ich versuchte es, aber es war ein schrecklich beunruhigendes Buch, das ich einfach nicht lesen konnte, es war mir

physisch unmöglich, so wie ich es nicht ertrage, wenn sie in den Nachrichten von vergewaltigten und ermordeten Kindern berichten.
Er sagte, ich würde mich nicht der Realität stellen, worauf ich erwiderte, das wolle ich nicht, wenn ich es vermeiden könnte – es gäbe doch bestimmt angenehmere gute Bücher –, und übrigens, ob nicht er mir dauernd erzähle, alles, was war, existiere in unserer Vorstellung?
Ich müsse mich einer Realität stellen, die sich andere vorstellten, sagte er.
»Was stellst du dir vor, Roger?« fragte ich. »Sag's mir, und ich stelle mich dem.«
Doch das ignorierte er. Jedenfalls, sagte er, bestünde ein himmelweiter Unterschied zwischen dem Streben nach oder dem sich Vorstellen von wirklich funktionierenden Beziehungen und dem, daß ich meine Zeit mit ehrlich gesagt üblem Wolkenkuckucksheim-Prinzessin-Daisy-liebender-Ehemann-nach-der-sexuell-freizügigen-Phase-Schund vergeude.
Ich sagte: »Ich will nur eins, nämlich mit dir glücklich sein, Roger.« Und später im Bett sagte ich: »Vielleicht hat Neville ja recht, vielleicht passen wir einfach nicht zusammen. Ich meine, bei unseren vielen Streitereien, und wo wir keinem die Wahrheit sagen.«
»Neville hat uns noch nie im Bett erlebt!« lachte er.
»Aber wir können doch nicht den ganzen Tag im Bett bleiben.«
»Das wäre der Überlegung wert.«
»Wenn ich lese«, sagte ich, »ganz egal was, kommt es

nur darauf an, mit dir im selben Zimmer zu sein, daß wir zusammen schweigen, daß ich spüre, wie wir beide atmen und Bobby da drüben liegt und schläft.«
Er sagte, wenn er meine Aussprüche in einem seiner Stücke unterbrächte, würden die Leute vor so viel Schmalz aufstöhnen.
»Wenn sie nie so fühlen wie ich, müssen sie aber ein ziemlich langweiliges Leben führen, weil ich dich nämlich manchmal so doll haben will, daß ich fast zerplatze.«
Dann liebten wir uns.
Das gehörte auch zu Roger und mir: Wir liebten uns jeden Tag, sogar wenn es grauenhaft lief zwischen uns. Genauer gesagt, je schlimmer die Lage wurde, desto länger, komplizierter, hungriger, aufreibender und hoffnungslos aufregend war unser Liebesspiel.
Einmal verglich er uns mit zwei Schiffbrüchigen in einem Rettungsboot, die nur Fisch essen konnten, aber wenigstens darauf achteten, daß sie alle möglichen Sorten Fisch verspeisten, die sie auf alle möglichen Arten zubereiteten, und die Gräten lutschten sie so sauber, bis sie blitzblank waren wie der kleine Verstand einer Nonne.
Solche Vergleiche mochte er, und um diesen aufzuschreiben, stand er mitten in der Nacht auf. Er mußte in seinen Koffern nach Stift und Notizbuch suchen, weil er sie jeden Abend dort verstaute, damit ich nichts von dem las, was er geschrieben hatte.
Ich haßte seine Koffer. Eines Tages würde ich sie verbrennen.

Im Dienst sagte Salvatore, ich sähe schrecklich müde aus, und fragte, ob ich krank sei. Am Schluß eines Briefes, in dem er auf irgendwelche Beschwerden über unsere Leistungen antwortete, machte mir Jonathan einen Heiratsantrag.
»Ich meine es völlig ernst«, erklärte er, als wir in der Nische neben dem Kopiergerät standen.
»Du hast doch schon eine Freundin.«
Mit Jonathan mußte ich immer kichern, ich konnte nicht anders. Sein kleiner Schnurrbart war so exakt, um den herum rasierte er sich bestimmt täglich.
»Ich weiß Bescheid. Ich hab dich schon mit ihr gesehen.«
»Das stimmt zwar, aber im Moment denke ich eher an eine Ehefrau, Süße. Und du hast dein Kind schon abgestillt; Familienvater ohne das ganze Theater.«
»Vielleicht nehme ich dich beim Wort«, sagte ich.
»Wenn sie mich rausschmeißen, könnten wir immer noch nach Australien auswandern.«
»Jonathan! Sei nicht so blöde!«
»Wenn du wüßtest, wieviel Leidenschaft hinter meiner Blödheit steckt. Wirklich, ich steh auf junge Mütter.«
Dann lehnte er sich über den Kopierer und küßte mich ziemlich fest auf den Mund. »Du bist ein Schatz«, sagte er und ging.
Das war wohl ein Annäherungsversuch, nehme ich an, und gar nicht mal ein unangenehmer. Das Komische war, wie leicht und locker das Leben auf den Schultern aller anderen zu sitzen schien, außer auf denen von Roger und mir.

Beim Maschineschreiben sagte Jackie: »Schon irgendwelche Fortschritte bei Crukers gemacht?« und Wendy entgegnete, sie solle sich gefälligst um ihre eigenen Angelegenheiten kümmern.
Wendy lutschte am Tag eine ganze Packung Butterscotch-Bonbons, und Roger sagte, das müsse ihre Zähne ruinieren.
Aber dann sagte sie, wahrscheinlich sei er gar nicht mehr frei. Er habe schon eine Freundin.
»Nein!«
»Ich wollte mit ihm schon -zigmal ausgehen, und er scheint auch gar nicht besonders abgeneigt zu sein. Ich meine, er lächelt und alles und sagt, herzlich gerne, aber er sei einfach nicht frei.«
»Hab noch nie gehört, daß Crukers 'ne Freundin erwähnt hätte«, sagte Jackie und sah mich mit hochgezogenen Augenbrauen an.
Ich sagte, ich auch nicht.
»Ich dachte, er wäre einer dieser sprichwörtlichen hübschen und heiligen Junggesellen.«
Ganz im Gegenteil, sagte Wendy. Roger sei genau der Typ, der irgendwo ein Mädel versteckt habe, über das er nicht reden wolle, eine Frau, die ihre Pflicht tue, ihren Zweck erfülle und es dem großen Mann ansonsten ermögliche, seine Ziele zu verfolgen. Es bestünde nämlich kein Zweifel, daß er eines Tages Regisseur werden wolle.
Einen Augenblick später lachte sie und sagte: »Ich werde ihn mir schon noch vorknöpfen, wartet's bloß ab.«
»Ich hab's doch gesagt, daß du hinter ihm her bist.«

»Sonst gibt's für eine Schreibkraft auch nicht viel zu tun.«

Wendy kam damals jeden Tag total aufgedonnert zur Arbeit, mit silberglänzenden Strumpfhosen und Samtjäckchen, und zwischen ihr und Yvonne lief eine Art Wettkampf um den Titel des bestgekleideten Vamps im Büro, den allerdings meiner Meinung nach Yvonne mit links gewann, weil sie es ernst nahm, während Wendy es eher als ironischen Scherz verstand und man das Gefühl hatte, sie würde jeden Moment in Jeans und Pullover schlüpfen. Außerdem hatte Yvonne die Sorte Brüste, die sie in Zeitschriften abbilden, und Wendy nicht.

Salvatore und Mr. Buckley gerieten wegen Yvonne heftig mit Mr. G aneinander, weil der ihr genauso einen Firmenwagen wie ihnen beschafft hatte, dabei brauchte sie überhaupt nicht für die Firma unterwegs zu sein.

»Außer wenn sie in den Drogeriemarkt fährt, um für Mr. G Ihr-wißt-schon-was zu kaufen«, sagte Jackie.

Salvatore wollte, daß Yvonne umgehend rausflog, damit er Wendy in seinem Büro unterbringen konnte, doch Mr. Buckley war dagegen, weil er hoffte, Jonathan noch eher feuern und sie in seinem Büro unterbringen zu können. Aber Jonathan gehört zu den Menschen, die irgendwie nie gefeuert werden, ganz gleich, was sie machen, weil er seine Arbeit locker und ohne großen Ehrgeiz aber gut verrichtet und keinem außer Mr. Buckley auf die Nerven geht.

Je mehr ich über Jonathan nachdachte, desto besser gefiel er mir, und wenn ich daran dachte, wie schön

es hätte sein können, wenn ich mich in ihn statt in Roger verliebt hätte, war mir manchmal richtig wehmütig ums Herz. Dumme überflüssige Gedanken. Wie wenn man an regnerischen Tagen denkt, es wäre doch eine feine Sache, auf den Kanarischen Inseln oder so ähnlich zu wohnen. Ich versuchte mir vorzustellen, wie er nackt aussähe, wenn ich je mit ihm ins Bett ginge, und wie ich ihm alles über meine Affäre mit Roger erzählen würde, und er würde lachen und sagen, wie dumm von uns, daß wir alles so ernst genommen hätten, und daß er Roger eigentlich nie richtig habe leiden können, obwohl sie in der Mittagspause immer zusammen Squash spielten.
Im Büro kam ich mir ziemlich stabil und normal vor, und deswegen gefiel mir die Arbeit auch irgendwie. Sogar wenn mir Roger über den Weg lief, blieb ich völlig gelassen und ruhig, ich schrieb Briefe, suchte Akten und tratschte hinter Mr. Gs, Salvatores und Mr. Buckleys Rücken, als hätte man mir eine Narkose verpaßt. Im Büro schien sich die zu Hause angestaute Spannung einfach in Nichts aufzulösen; bei Neonlicht und Tabakrauch, ständigem Telefongeklingel und Schreibmaschinengeklapper, wo die Teppiche muffig rochen und stapelweise Dinge abzulegen waren, konnte man sich kaum vorstellen, welcher niederschmetternde Druck abends zwischen Roger und mir aufkam, ein Gefühl, man würde man jeden Moment explodieren und irgend etwas Verrücktes anstellen.
Wir mieteten ein Fernsehgerät, damit er sich *Das kleine Fernsehspiel* und ein paar andere Sachen anse-

hen konnte, die wichtig für ihn waren. Wir mieteten das Gerät auf meinen Namen, aber er zahlte die Miet- und Fernsehgebühren, weil er mich, wie er sagte, nicht Geld für etwas ausgeben lassen wolle, für das ich es nicht ausgegeben hätte, wenn es nicht für ihn gewesen wäre.

Und wenn er schon mal dabei sei, könne er mir auch gleich etwas für Essen und Miete geben, sagte er.

Ich lehnte ab. Ich sagte, ich liebte ihn und würde kein Geld dafür annehmen, daß ich ihm ab und an Spiegeleier in die Pfanne haute und ihn in meinem Bett schlafen ließ.

Ich würde nur eine einzige finanzielle Regelung akzeptieren, fuhr ich fort, nämlich wenn wir ein gemeinsames Konto eröffneten und Nägel mit Köpfen machten.

Er saß mit gerunzelter Stirn und offenem Arbeitshemd da, drehte in der einen Hand einen Kuli, und ich beobachtete, wie sich das halbe Lächeln in sein Gesicht schlich, als es an der Wohnungstür klingelte. Sofort verhielt er sich wie ein aufgeschrecktes Tier. Das Lächeln gefror, die freie Hand fuhr in seine Haare und blieb dort, und seine Augenbrauen zogen sich dringlich fragend nach oben. Ich zuckte die Achseln. Als ich mit meiner Mum von der Vordertür zurückkam, war er verschwunden. Hinten raus.

Ich wartete bis zum frühen Morgen, doch in jener Nacht kam er nicht wieder. Da er es nun mal gemietet hatte, sah ich bis zum Sendeschluß fern, anschließend hörte ich im Dunkeln Radio, Bildungsprogramm. Über Sex bei über Sechzigjährigen. Ich weiß noch, wie ich mich fragte, ob ich es wohl jemals bis dahin schaffen würde. Ich fühlte mich innerlich so ausgelaugt und schachmatt.

In der Arbeit huschte er als erstes unter dem Vorwand, er müsse etwas Dringendes abtippen lassen, die Treppe hoch und hinterließ auf meinem Tisch einen Zettel, auf dem stand: »Verzeihung, vergib mir, Rog.«

»Wenn du kündigen würdest, wäre alles viel leichter. So muß ich mitanhören, wie die anderen erzählen, sie würden dich rumkriegen und solche Sachen.«

Er sah sich ein Fußballspiel an. Mittlerweile schaute er sich außer denen, die er »sehen mußte«, alle möglichen anderen Sendungen an.

»Ich werde nicht kündigen.«

»Aber Roger...«

»Das neue Ding, das ich geschrieben habe, ist gerade abgelehnt worden.«

»Na und? Jeder wird abgelehnt.«

»Ganz genau«, sagte er, und er wolle seinen Job nicht kündigen, bevor er irgendein Erfolgszeichen bekomme. Er würde sich nicht zum Narren machen.

»Du meinst, und mit mir eingesperrt sein?«

»Nein.«

»Aber wenn du kein Risiko eingehst...«

»Ich weiß«, sagte er. »Wenn du wüßtest, wie ich das weiß.« Dann fuhr er fort: »Mir geht mein Schwung beim Schreiben verloren. Das spüre ich.«

»Und was nun?«
»Gute Frage!«
»Dann laß wenigstens *mich* im Büro kündigen, und du zahlst die Miete. Damit wir diese Heuchelei beenden können.«
Er drehte sich ruckartig um und starrte mich mit seinen durchdringenden blauen Augen an. Langsam kratzte er seine Vorderzähne. »Du? Du würdest bloß zu Hause Trübsal blasen und Angst haben, daß ich's mit Wendy oder sonstwem treibe.«
»Nicht, wenn du versprichst, daß du's nicht tust.«
Auf dem Bildschirm schoß jemand ein Tor.
»Blödsinn.«
»Ich würde noch ein Kind kriegen«, sagte ich aufgeräumt und versuchte, fröhlich zu wirken. »An den Gedanken könnte ich mich gewöhnen. Man soll sowieso nicht bloß eins haben.«
»Damit dann alles genauso geworden wäre, wie du es immer gewollt hast.«
»Warum denn nicht? Ich wäre allerdings glücklicher, wenn du Erfolg hättest. O Roger, gib nicht auf, und denk nicht, ich will dich einsperren. Freu dich über meine Liebe«, und ich schlang meine Arme um seinen Hals und küßte ihn.
Stoke sei die langweiligste Mannschaft der Welt, sagte er. Er würde nie begreifen, weshalb sie Stoke im Fernsehen zeigten. Selbst wenn sie ganz allein die Weltmeisterschaft gewönnen, würde er sich auf keinen Fall ein Spiel von Stoke ansehen.
»Das tust du doch gerade.«
»Es ist meine Heimatmannschaft«, sagte er.

Am nächsten Abend war er nicht in der Firma, als ich ging, und in mein Apartment kam er auch nicht. Das wurde zur Gewohnheit. An einigen Abenden kam er einfach nicht, sondern fuhr nach Ealing in das Zimmer, für das er immer noch Miete zahlte, und schrieb. Jedenfalls behauptete er das. Da er nur die beiden Koffer mit Kleidungsstücken in meine Wohnung gebracht hatte, mußte er noch jede Menge dort haben. Und sogar die Koffer hatte er nicht ausgepackt. Nie sagte er mir, an welchen Abenden er vorbeikommen würde und an welchen nicht, und zuerst entschuldigte er sich noch, aber später erklärte er, wenn ich zu Hause hockte, nichts täte und Trübsal blies, dann sei das mein Problem. Sogar Verliebte sollten unabhängig sein. Abhängig sein zu wollen, wäre ein Verbrechen. Ich sei zu passiv. Das alles wäre uns nicht passiert, wenn ich nicht dermaßen passiv wäre. Ich sollte mich um Himmels willen amüsieren. Ich sollte Autofahren lernen, damit ich abends ausgehen könnte.

»Mit wessen Auto?«

Er würde mir beim Kauf eines Minis helfen, sobald ich Autofahren lernte.

Ich mußte an seinen alten Mini denken und fing an zu weinen. Was blöde war, aber was soll man machen.

»Und das Baby?« sagte ich.

Da bekam er plötzlich einen Wutanfall und brüllte los: »Nie hörst du auf damit. Nie! Herrgott nochmal! Nie hörst du auf, mich in die Form zu zwängen, in der du mich haben willst.«

»Dann verlaß mich doch, verdammt nochmal«, rief ich. »Und deinen ganzen elenden Dreckskram kannst

du mitnehmen. Verpiß dich. Ich hasse dich.« Und ich fuhr fort: »Als du in Amerika warst, hab ich mich ungeheuer unabhängig gefühlt, das kannst du mir glauben. Mich zu amüsieren, fiel mir überhaupt nicht schwer. Wärst du bloß nie zurückgekommen.«
»Wem sagst du das«, erwiderte er.
Er verließ türenschlagend die Wohnung, nahm aber seine Koffer nicht mit. Ich sah, wie er an der Tür kurz stehenblieb und sich bewußt dagegen entschied.
Kaum war er verschwunden, bereute ich, was ich gesagt hatte, und ich saß vor dem Fernseher, wiegte Bobby und nagte an meiner Unterlippe. Abends war Bobby eine Katastrophe. Er quengelte und war gereizt, und man konnte nichts dagegen machen, außer man gab ihm dieses Calpol mit Aspirin drin, aber Roger sagte, ich sollte ihm unter keinen Umständen Aspirin geben, wenn er nicht wirklich krank sei, sonst würde ich einen Schwachsinnigen aus ihm machen.
»Wärst du ein bißchen öfter hier«, sagte ich, »könntest du ihn mir mal abnehmen, und ich käme nicht in Versuchung, ihm welches zu geben.«
Das Komische war, daß er diesmal nicht explodierte, wie bei dem anderen Mal, sondern mir zustimmte. Ich habe recht, sagte er. »Weißt du, was mit mir nicht stimmt?« sagte er. »Ich bin ein Scheißkerl, das ist es.«
»Ich hab kein Wort gesagt«, erklärte ich.
»Ich bin es nicht wert, am Leben zu sein«, sagte er. Er meinte es ernst, lächelte aber dabei. »Bei meinem Charakter. Leute wie mich sollten sie abschaffen, bevor wir zu großen Schaden anrichten.«

»Ein wenig Schaden hat noch keinen gestört«, sagte ich und zog ihn aufs Bett; doch kaum waren wir in die Gänge gekommen, da fing Bobby auch schon an zu quäken. Ich wollte ihn schreien lassen, aber Roger ließ das nie zu, nicht mal für fünf Minuten. Er wolle nicht, daß seine privaten Lustbarkeiten für die Traumata eines anderen verantwortlich seien, sagte er. Und da nur Mami den Schlingel beruhigen konnte, mußte ich natürlich aufstehen.

Am Abend, als er abhaute, dachte ich über all das vor dem Fernseher nach. Ich dachte über die beiden Seiten seines Charakters nach, von denen die eine gegen mich wütete und die andere gegen ihn selbst, ich dachte auch über meinen Charakter nach, daß ich ihn um so mehr bemuttern wollte, je mehr er sich als Mistkerl entpuppte, obwohl mir auch nach Schreien zumute war; über das alles versuchte ich gründlich nachzudenken und daraus schlau zu werden, was mir aber überhaupt nicht gelang. Klar war nur, daß wir wohl beide in einer Anstalt enden würden, wenn wir noch lange so weitermachten.

Er kam nicht zur Arbeit. Er hatte sich telefonisch krank gemeldet; für Donnerstag, Freitag und die ganze nächste Woche. Abends kam er nicht bei mir vorbei, und seine Sachen holte er auch nicht ab.

Einmal rief ich mittags aus dem Büro Neville an und fragte ihn nach Roger.

»Ich dachte, ihr hättet euch getrennt«, sagte er.

Neville war freundlich und mitfühlend, aber distanziert, wie ein Arzt bei einer todkranken Patientin.

»Ich kann ohne ihn nicht leben«, sagte ich. Wäre ich nicht im Büro gewesen, wo jeden Moment irgendjemand hereinschneien könnte, ich hätte einen Weinkrampf bekommen. »Wieso sagt er, daß es ihm leid tut, wenn er es gleich darauf wieder macht?«

Roger sei ein seltsamer Mensch, sagte Neville, und wenn er mitunter unehrlich wirke, dann nur, weil er nicht wisse, was er wolle.

Ich sagte, ich hätte die Nase voll davon, mit solchen Müll anzuhören, und er sagte: »Das kann ich mir vorstellen.«

Wenn ich Roger das nächstemal sähe, sagte er, solle ich ihm ausrichten, Nevilles Doktorarbeit würde veröffentlicht, und ich glaube, ich gratulierte ihm.

Am zweiten Sonnabend fragte ich Mrs. Duckworth, ob sie sich für ein paar Pfund extra noch einen Tag um Bobby kümmern würde, und nahm den Bus nach Ealing.

Es war ein warmer Sommertag, und ich setzte den Hut auf, den er mir geschenkt hatte, zog ein kurzes rotes Kleid und eine gelbe Jacke an, hing mir eine Kunstperlenkette um den Hals und trug etwas Moschus auf. Bevor ich ging, plagte mich eine geschlagene Stunde mit dem Lockenstab ab und probierte drei Paar Ohrringe an. Ich war wütend. Auf mich. Auf ihn.

Ich weiß noch, daß ich mich an der Bushaltestelle fragte, ob noch irgend etwas außer diesem Wahn von mir übrig war. Fast zwei Wochen lang hatte ich ihn nicht mehr gesehen und doch jeden wachen Moment an ihn gedacht – mir vorgestellt, wie ich ihn anbrüllte, ihn liebte, ihn verfluchte, ihn tröstete, ihm zuhörte –, so daß man fast vermuten könnte, ich hätte gar keine eigenständige Persönlichkeit mehr.

»Ach, Sie sind's«, sagte seine Vermieterin. »Er ist nicht da.«

Sie hatte Besuch. Aus dem Wohnzimmer drang herzliches Männerlachen. Möglicherweise Ehemann Nummer drei, falls sie einen gefunden hatte, der robust genug war.

»Darf ich warten?«

Sie schaute über ihre Schulter.

»Ich könnte nach oben in sein Zimmer gehen«, schlug ich vor.

»Ja, das ist wohl in Ordnung. Er ist bestimmt nur die Zeitung holen gegangen oder so.«

Als ich die Treppe hochging, sagte sie ziemlich bissig: »Sie finden den Weg also allein.«

Die Wände seines Zimmers waren so kahl wie eh und je, doch sonst war es bei ihm unordentlicher als früher. Er hatte sämtliche Kleider aus den Schränken geholt, auf den Sessel gestapelt und dann durcheinandergewühlt. Wahrscheinlich als er vorhatte, zu mir zu ziehen. Auf dem Fußboden standen zwei Kartons, halbvoll mit Büchern, doch in den Regalen waren noch mehr Bücher. Ob er je vorhatte, mit Sack und Pack umzuziehen?

Ich stand an seinem Schreibtisch und las, was auf dem Blatt Papier in seiner Schreibmaschine stand.

G: Alles klar, Zielstrebigkeit ist die Mutter des Erfolgs.

Harry: Für jemanden ohne Ziel ist Zielstrebigkeit Selbstmord.

G: (lacht) Ärgert dich aber dein rechtes Auge, so reiß' es aus, verdammt!

Harry: Ich versuche zu vergessen, was ich in der Bibel gelesen habe. Meine Eltern haben mich mit dem Zeugs immer zu Tode gelangweilt.

G: Du machst einen Fehler, Harry – ein Vertreter kann von Heiland & Co 'ne Menge lernen. Die erste Lektion lautet: Versprich den Leuten, was sie haben wollen. Wenn sie Angst vor dem Sterben haben, versprich ihnen ewiges Leben. Und wenn Kunden unmögliche Lieferfristen fordern, versprich sie ihnen. Auch wenn du sie nicht in einer Million Jahre einhalten kannst. Aber zieh den Auftrag an Land.

Harry: Na schön, ich lüge also. Und wenn wir nicht liefern können?

G: Herrgott nochmal, Jungchen, hast du eine Frau erstmal gefickt, dann hast du sie gefickt, oder?

Damit hörte es auf. Ich wußte nicht recht, was das sollte. Mir kam es alles ziemlich langweilig und weit hergeholt vor.

Ich musterte mein Gesicht im Spiegel. Das Blau des Make-ups wirkte gefährlich künstlich, und meine Augenbrauen sahen buschig aus. Die Lippen waren schmal wie ein Strich, alles andere als sexy.

Ich mußte an seine Worte denken, als ich einmal geweint hatte: »Das ist eine typische Kleinmädchentragödie.« Und ich hatte erwidert: »Was hilft mir das?«
Sonst sah er in diesen Spiegel. Er betrachtete seine gerade Nase und die ebenmäßigen Zähne, an denen er mit den Fingernägeln kratzte; er sah die blonden Haare, die er sogar dann versehentlich verwuschelte, wenn er eigentlich schick aussehen wollte, seinen kräftigen Hals mit den hervortretenden Muskeln und der ach so weichen Haut seiner Wangen, die am Mund in klitzekleine Bartstoppeln übergingen.
Warum nur wendete es sich für mich nicht zum besten? Ich war bereit, alles zu geben.
Auf einmal kam die Angst, daß ich vielleicht nie wieder neben ihm liegen würde, ihn nie wieder mit den Händen betasten, mein Gesicht nie wieder gegen das seine reiben würde; diese Angst packte mich wie etwas sehr Handfestes, daß meine Knie weich wurde und ich Übelkeit verspürte. Es war, als verändere sich die Temperatur im Zimmer, wie ein Temperatursturz um fünfzig Grad. Ich zitterte und mir war schlecht. Ich wollte ihn neben mir haben, wollte, daß er mir seine Cruikshankschen Spezialküsse gab und all die kleinen Dinge machte, die er machte, wenn wir uns liebten. Es war ein irrationales und überwältigendes Gefühl, dem ich nichts entgegensetzen konnte.
Während ich noch vor dem Spiegel stand, begann ich, mich auszuziehen. Ich zog die Kette über den Kopf und knöpfte die Bluse auf, und als der BH von meinen Brüsten fiel, fühlte ich mich schrecklich erregt und verängstigt zugleich. Ich trat näher an den

Spiegel, betrachtete mich, stellte mir vor, wie er mich abküßte, und umarmte mich selbst.
Ich zog alle Kleidungsstücke aus, legte mich in sein ungemachtes Bett und starrte die leeren Wände an, auf die das Sommerlicht durch die Spitzenvorhänge hereinfiel. Ich drehte mich um, preßte den Kopf in das Kissen, und meine Haut schrie auf.
Unten lachte jemand schallend, und die Vermieterin, wie ich vermute, ließ ein kleines schrilles Quietschen hören.
Was wäre, wenn sie raufkäme? Mich kümmerte das nicht. Es hatte sich ausgekümmert. Wenn sie raufkäme, würde ich ihr alles erzählen. Und ich hoffte allmählich, sie würde raufkommen, damit ich es ihr erzählen konnte. Als ob das helfen würde. Damit ich wenigstens einem Menschen alles sagen konnte.
Es dauerte bestimmt fünf Minuten, bis mir sein Diktiergerät auffiel. Es lag auf dem Nachttisch, neben leeren Kaffeetassen, Kleingeld und Flusen, die aus seinen Hosentaschen fielen, wenn er sie ausleerte, und da stand auch sein kleiner Wecker mit den körnigen Digitalziffern, der immer dafür gesorgt hatte, daß ich aufgestanden und verschwunden war, bevor seine Vermieterin aus ihrem Kinoclub zurückkam.
Ich stellte mir vor, daß ich es gern hätte, wenn meine feuchte Möse auf seine Laken, sein ganzes Zimmer und seine Dienstkleidung tropfte, damit es alle, alle wußten. Damit er nur noch nach mir stank.
Ich schnappte mir das Diktiergerät, stellte es an und hörte nichts als leises Summen. Ich ließ es ein Stück zurücklaufen.

...auf der ganzen Welt. Klick. Pause. Klick. Kann nicht schlafen. Es ist furchtbar. Wie es ist? Ich kann's nicht beschreiben. Ich schlafe ein, und auf einmal übermannt mich ein ungeheurer Druck, Lähmung, Angst, wie immer man es nennen will, so daß ich körperlich spüre, wie mein Gehirn unter Druck steht, und ich will raus. Außer Finsternis sehe ich nichts, und ich wache naßgeschwitzt und frierend auf, in meinem Hirn jagen sich sämtliche Probleme.
Und dann diese Anspannung. Meine Zunge fühlt sich geschwollen an, scheuert ständig gegen die Zähne.
Die Wahrheit ist, daß ich mich selbst bestrafe. Die alte methodistische Erziehung. Ich komme mir wie irgend ein mittelalterlicher Mönch vor, der sich selbst kasteit. Warum nur?
Junger Mann zerrüttet Gefühlsleben eines jungen Mädchens. Keine Seltenheit. Normale Fortsetzung: Junger Mann heiratet Mädchen und lebt, nach einer Phase verständlicher Verdrossenheit, glücklich bis ans Lebensende; oder junger Mann läßt Mädchen fallen, und sie, nach einer Phase verständlicher tiefer Niedergeschlagenheit, verliebt sich in einen anderen, ganz wie es ihrem Wesen entspricht.
Warum läuft es bei uns nicht genauso?
In Extremfällen bringt sich das Mädchen um.
Aber nicht der junge Mann.
In anderen Ländern, wo die Ehre höher im Kurs steht, bringt die Familie des Mädchens den renitenten jungen Mann womöglich um, schneidet ihm den Pimmel ab und steckt ihn in seinen Mund. Aber in England nicht. Nicht in England.

Für den jungen Mann dürfte es eigentlich keine Probleme geben.
Das ist im Grunde ein Schlüsselelement dieser Geschichte. Seine Gleichgültigkeit, ihre Qual. Ein Kinderspiel für ihn, Golgatha für sie.
Geh doch einfach! Zieh endlich Leine! Türen sind zum Rausgehen da.
Ich bin mein eigener Folterknecht. Der junge Mann. Unentgeltlich. Warum finde ich da offenbar nie raus? Diese unmögliche Mischung aus Zärtlichkeit und Wüten. Ein Leben ohne ihren Körper kann ich mir nicht vorstellen.
Mit ihm auch nicht.
Genaugenommen gehöre ich in psychiatrische Behandlung.
Wie konnte sie nur so reinen Herzens sein und mich körperlich so komplett vereinnahmen? Wie konnte sie nur so attraktiv und solch eine Nervensäge sein? So wahrhaftig, aufrichtig leidenschaftlich und so kitschig und süßlich?
Ich habe mich in die Unmittelbarkeit ihrer Liebe zu mir verliebt.
Wenn sie doch ein wenig gröber gewesen wäre.
Wenn sie doch ein wenig verschlagener, ein wenig egoistischer gewesen wäre.
Aber würde man bei einem vielschichtigeren Menschen überhaupt eine Hingabe dieser Güte finden?
Vielleicht nicht, okay, na schön – oder vielleicht doch, wer weiß –, aber egal, bin ich für mein Unvermögen verantwortlich, ihre Liebe zu erwidern? So wie sie es will.

Was hab ich denn erwartet?
Warum dieses ungeheure Verantwortungsgefühl? So was schleppt niemand sonst mit sich rum.
Wenn man sich ansieht, wie professionell Mr. G seine Geliebten auswählt. Bewundernswert.
Schaff dir diese Verantwortung vom Hals, Kind hin, Kind her. Du beschädigst dieses Geschöpf nur noch. Keine Verantwortung. Treib verdammt nochmal was du willst mit wem du willst. Schlafe ungestört. Wecke keine falschen Hoffnungen.
Selbst wenn du dadurch ein minderwertiger Mann wirst.
Klick. Was du sowieso bist. Klick.
Wenn irgendwo ein Stück von mir aufgeführt würde und die Leute Rezensionen über mich schrieben und mich zu *Titel, Thesen, Temperamente* einlüden und so weiter, wäre alles so viel einfacher. Dann könnte ich bei Anna bleiben, ohne lebendig begrabenzu sein. Vor mir läge eine Karriere, die Zukunft, Prestige. Und wenn ich sie verließe, wüßte ich auch wofür – außerdem hat jeder Prominente das Recht auf sein Skandälchen, Beweis seines unberechenbaren vielschichtigen Charakters; damit paßt man sich nur in den existierenden Verhaltenskodex ein.
Doch der kleine Mann ist für alles verantwortlich. Die Verantwortung des kleinen Mannes ist niederschmetternd. Er hat keine Entschuldigungen.
So langsam habe ich den Eindruck, daß ich ein sehr kleiner Mann bin. Ein wirklich sehr kleiner Mann.
Klick.
Kämpf dagegen an.

Klick.
Auch wenn es nur allzu wahr ist.
Klick.
Seltsam: Das alles erinnert mich an die Zeit, als ich nicht mehr in die Kirche gehen wollte, was Mutter und Vater so aufbrachte, daß ich nur eine Möglichkeit sah, mich durchzusetzen, nämlich mich so krank zu machen, daß sie mich freigaben. Es war aber nicht nur eine List. Ich bestrafte mich für meinen Unglauben, so wie wohl heute für mein Nichtlieben. Abheften für den Analytiker.
Klick.
Verrückt, verrückt, verrückt! Welch ein Chaos. Ausgerechnet Betty! Und nur als Beweis, daß auch ich hart, zynisch und byronesk sein kann. Ihre Titten! Und wie sie es genossen hat! Bring's, bring's, bring's! Kichernde Titten, so würde ich's beschreiben. Ein aus dem Bauch kommendes Lachen, Stemmen, sich Winden.
Bin mir noch nie so *ausgequetscht* vorgekommen.
Kein Wunder, daß ihre armen Ehemänner...
Was werde ich morgen davon halten?
Wenn einem die Welt nicht gelegentlich diese Gelegenheiten anböte; wenn es strenger, verantwortungsvoller auf ihr zuginge. Wenn ich allen von Anfang an das mit Anna gesagt, Flagge gezeigt hätte, wäre ich treu gewesen, das wäre ich wahrhaftig. Ich wollte wahrhaftig treu sein.
Klingt religiös, pubertär.
Jetzt komme ich mir vor wie ein Chamäleon. Ich habe nie geschnallt, wie viele Frauen bereit waren, mit

mir zu vögeln, wie unterschiedlich ich in jedem einzelnen Fall reagieren würde. (Wendy. Ein tittenloser Fick, bestimmt hat sie eine richtig knochige kleine Scham, straffen Arsch, mahlende Bewegungen. Uuh! Warum nicht? Sie drängt es einem ja auf. Man kann es fast riechen. Die Sorte, die ihre Nägel in einen gräbt. Zum Angebot gehört, daß sie dir einen bläst, mit Butterscotchgeschmack. Warum nicht?) Unbegrenzte Möglichkeiten. Unbegrenzt, im Wortsinn charakterlos, grenzenlos, identitätslos. Ich bin nicht ich. Bring's, bring's, bring's!

Was für ein Magnet Anna doch ist, mit ihrer Liebe.

Anna ist eine Macht, die definiert werden will.

Anna.

Annas Zuhause. Ihr Kind.

Wenn sie nur nicht so verletzlich wäre.

Wenn sie nur nicht so großzügig wäre.

Ich hätte mich vor Urzeiten verlassen.

Klick.

Gott, die ganzen Wenns stehen mir bis ans Ende meiner Vorhaut.

Ich werde nicht vor lauter Schuldgefühlen in der Erde versinken.

Ich werde mich austoben. Ich muß mich austoben.

Wendy, ich werde dich ficken.

O ja, Wendy, mein redegewandtes, buntbemaltes junges Ding du, ich werde dir deine...

Roger kam herein.

Ich hatte beim Zuhören einen Fingerknöchel im Mund und biß so fest drauf, daß es wehtat.

Er kam angerannt, griff sich das Ding und stellte es ab.
Dann stand er da und glotzte.
Ich lag nackt im Bett.
Nach vielleicht einer Minute sagte er: »Also?«
Ich nahm den Knöchel aus dem Mund.
»Ich hab's mir angehört.«
»Das habe ich gemerkt.«
»Diese Scheiße.«
»Korrekt.«
»Du machst dir ein völlig falsches Bild von mir, Cruikshank.« Meine Stimme zitterte wie verrückt. Ich stand kurz vor einem hysterischen Anfall.
Er hatte seine eleganten Samstagssachen an, eine ausgebeulte Hose, ein Khakihemd und eine Sonnenbrille auf der Stirn. Die nahm er ab, und die Hand fuhr in seine Haare. Seine Zähne nagten an einer Lippe.
»Ich bin kein gläserner Engel. Ich bin ein Flittchen und will flachgelegt werden, also fang endlich an.«
Er sagte: »Mach mal 'n Punkt, Anna. Wir sind hier nicht in *Der letzte Tango in Paris.*« Und dann: »Hast du noch nicht genug Masochistin gespielt?«
Ich schluchzte los: »O Roger, Roger, Roger.« Laute furchtbare Schluchzer. »Warum? Warum? Wo ich dich so sehr liebe, Roger.«
Er saß auf der Bettkante, und nach einer Weile legte er den Arm um mich und zog meinen Kopf an seine Brust. »Anna«, fing er an. Aber ich drückte ihn fest an mich. »Bitte, sag jetzt nichts, Roger, sag jetzt nichts.«
Eine Weile hielten wir uns umklammert, und ich be-

ruhigte mich halbwegs und trocknete mir die Tränen an seinem Laken ab. Er machte sich los und begrub den Kopf in beide Hände.

»Du solltest mich wirklich verlassen. Du hast dir doch die Kassette angehört.«

»Ich weiß, aber ich tu's nicht.«

»Wenn ich du wäre, würde ich mich umbringen.«

»Das bist du aber nicht«, sagte ich. »Glück gehabt, was?« Dann sagte ich: »Schlaf mit mir, Roger.«

»Aber...«

»Du hast gesagt, ohne meinen Körper könntest du nicht leben.« Ich beobachtete ihn. »Das hast du selbst gesagt. Außerdem bist du mir das schuldig, auch wenn wir's zum letztenmal machen, bist du's mir schuldig, weil du so ein Scheißkerl bist.«

Er drehte sich um und sah mich an, wie ich nackt und mit vorstehenden Titten dasaß; seinem Gesicht konnte ich ansehen, daß er nicht widerstehen würde. Ich sah es, und es verlieh mir eine seltsame Stärke. Ich kannte ihn so gut, meinen Roger.

Nachher im Bett wiederholte er, ich sei eine komplette Masochistin, und ich entgegnete, na wenn schon, dafür sei er ein kompletter Feigling, was doch offenbar gut zusammen paßte, oder? Jedenfalls brauche er sich keine Sorgen mehr zu machen, ob er mich verletzte. Das habe er nämlich bereits getan, ohne daß die Welt davon untergegangen sei, oder? Er gebe auf, sagte er. Ganz gleich, was er mache, ich habe immer das letzte Wort. Darauf sagte ich: »Natürlich, anders kann ich dich ja nicht bestrafen, Roger.«

Vielleicht hätten wir das Ende der Welt ja schon hinter uns, sagte er, was ich denn davon hielte, und so führten wir den ganzen Nachmittag lang im Bett alberne matte Gespräche, liebten uns dann noch einmal und fuhren nach Acton zurück.

Im nachhinein frage ich mich, ob wir nicht genossen, wie ekelhaft das alles war. Vielleicht war es amüsant zu beobachten, wie die Grube tiefer und immer tiefer wurde. Auch wenn ich – Haut an Haut in den Federn – wußte, daß ich das Richtige gemacht hatte.

Bobby konnte krabbeln, daher kaufte ich für die Stelle, wo der Fußboden nur aus blanken Dielenbrettern bestand, einen blauen Läufer. Roger bestand auf einen Einweihungsfick, wobei er kein Handtuch unterlegte und nicht wollte, daß ich den Fleck entfernte. Die Zeiten hatten sich geändert. Er gab mir Geld, und ich nahm es an. An manchen Abenden kam er vorbei, an anderen nicht, er haderte nicht mehr mit seinem Schicksal und ich kämpfte nicht mehr. Manchmal gingen wir mit Bobby spazieren, und einmal gab es besagten, wehmütig-glücklichen Samstagmorgen, an dem er mich mit dem Kleinen auf dem Arm in den Ausstellungsraum zerrte, sich ans Steuer des Jaguar XJ setzte und Brummgeräusche machte. Dieses eine Mal benahm er sich noch am ehesten wie ein Vater. Falls uns jemand begegnete, würden wir sagen, wir wären uns zufällig über den Weg gelaufen.

»Du hast keinen Funken Selbstachtung im Leib«, sagte er, und ich erwiderte: »Ätsch.«
Aber uns begegnete nie jemand.
Hätten wir in einer Kleinstadt gelebt, dachte ich, wäre das alles nicht passiert.
Bobby war sehr groß für sein Alter, stramm und lebhaft. Ich weiß nicht, wieso, aber das machte mich sehr stolz. Ich vermute, daß Mrs. D ihn den lieben langen Tag fütterte. Er brabbelte, hieb mit den Fäustchen um sich und schniefte, wie Kleinkinder eben schniefen.
»Eines Tages wird er dich Daddy nennen«, sagte ich Roger, als wir aus dem Ausstellungsraum kamen.
»Die Zeit arbeitet jedenfalls für dich.«
»Du wolltest dich noch nicht wirklich mit dreißig umbringen, oder?«
»Scheint überflüssig zu sein. Ich fühle mich, als wäre ich schon tot.«
Trotzdem war er an diesem Samstag gut gelaunt.
Natürlich haßte ich ihn wegen all dem, aber gleichzeitig dachte ich seltsamerweise, wir würden endlich zur Ruhe kommen. Das heißt, irgendwo in mir drin schlummerte eine furchtbare Wut, etwas wirklich Finsteres und Schreckliches, was aber meiner Liebe zu ihm offenbar keinen Abbruch tat. Vielleicht waren Liebe und Haß doch nicht unvereinbar. Jedenfalls beschloß ich, ihn bis zum Ende zu lieben, Haß hin oder her. Ich würde ihn weiter lieben, bis er nachgab. Dazu war ich fest entschlossen. Ich würde ihm nämlich nie den Gefallen tun, und ihn verlassen, so wie er es wollte. Nein, wenn er mich verlassen wollte,

sollte er gefälligst den Mut aufbringen und es selber tun. Außerdem glaubte ich, er müsse einfach vor mir nachgeben, weil ich eindeutig die Stärkere war. Sonst hätte er sich schon längst aus dem Staub gemacht.
Es war wohl ein reichlich konfuses Leben, in dem man solche Gedanken hatte und dann wieder manchmal im Bett Sekt trank, wenn er gerade da war, und sich vormachte, wir wären das größte Liesbespaar der Welt. Verrücktheiten gäben ihm das Gefühl, lebendig zu sein, sagte er, außerdem existierten alle möglichen Varianten des Zusammenseins für Paare. Wir müßten uns nicht an traditionelle Rollenvorstellungen halten. Wenigstens sei bei uns die Geschichte immer noch spannend.

Im Büro bat mich Mr. G zu einem Privatgespräch zu sich. Er führe eine Befragung durch, um herauszufinden, was die Angestellten von ihm hielten. Ob das vernünftig sei? Falls ich Einwände hätte, könne ich mich jederzeit weigern, seine Fragen zu beantworten. Wenn ich andererseits frisch von der Leber weg antworte, würde er mir nicht ein Wort übelnehmen, wie unangenehm es auch immer sein mochte.
Ich war einverstanden. Ehrlich gesagt fühlte ich mich so krank, als brauche ich mehr Luft oder als wäre meine Luftröhre verstopft oder so ähnlich.
Er schätze nämlich die Meinungen einfacher Mädchen, meine oder Jackies beispielsweise, wohingegen er von dem päpstlichen Gehabe Buckleys und dem intriganten Getue dieses Machiavellisten Salvatore die Schnauze gestrichen voll habe.

»Möchten Sie einen Kaffee?« fragte er. »Das heißt natürlich einen guten.«
»Nadia«, sagte er in den weißen Kasten. Wenn er einem etwas anbot, wartete er nie eine Antwort ab. »Zwei Kaffee von der anderen Straßenseite, und dazu zwei Plunderstückchen.«
Er rieb sich die Hände, lächelte in seinen Bart, wie es so seine Art war, und legte ein schlaksiges Bein auf einen Stuhl.
»Ich wüßte gern, ob Sie - damit meine ich alle Angestellten im Büro - mein Verhältnis mit Yvonne stört, und stört es Sie, daß es mehr oder weniger offen abläuft? Ich meine, fühlen Sie sich alle gekränkt?«
»*Ich* nicht«, antwortete ich. »Es geht mich schließlich nichts an.«
»Ganz recht. Aber sind die anderen im Büro sauer?«
»Wir reißen Witze drüber«, sagte ich.
Er runzelte die Stirn. »Sie glauben doch nicht, daß es die Effizienz beeinträchtigt?«
»Vielleicht ein klein wenig. Kaum. Außerdem braucht man etwas Tratschen in einem Büro.«
»Es beeinträchtigt den Respekt der Mitarbeiter vor der Betriebsleitung nicht?«
»Jeder weiß, wer Sie sind, Mr. G, ich meine, Sie sind Sie.«
»Stimmt.«
»Der eine oder andere ist vielleicht neidisch. Besonders die Männer.«
Plötzlich wurde mir klar, daß Roger auf Mr. Gs unbekümmerten Umgang mit seinen Geliebten immer neidisch gewesen war. Immer. Darum mußte er sol-

che beißenden Kommentare abgeben. Auf einer anderen Ebene war er auch auf Neville neidisch; auf die Gelassenheit beider Männer.
»Aber moralisch betrachtet? Was meinen Sie, ehrlich?«
Ich überlegte. Er sah auf mich runter und kraulte sich den Bart.
»Weiß Ihre Frau davon?«
»Eher allgemein.«
Ich atmete tief durch. »Sie halten sich wohl für ein ziemliches Ferkel«, sagte ich.
»Klar, natürlich.« Anscheinend fand er das aufregend.
Ich sagte rasch: »Aber wenigstens versuchen Sie nicht, irgendwas zu verbergen. Von Heimlichtuerei halten Sie nichts.«
»Was Buckley will?« lachte er. »Grauslich, nein. Es geht hier doch bloß um den unvermeidlichen Kampf der Geschlechter.«
»Ich halte ihn nicht für unvermeidlich. Ich sehe nicht ein, warum Sie nicht bei...«
»Ist er aber«, unterbrach er. »Das werden Sie noch merken. Ich verstehe bloß nicht, warum Buckley und Salvatore mir deswegen so zusetzen.«
Nadia kam mit Kaffee und Gebäck.
»Tja, so weit so gut. Erzählen Sie mir von sich. Alles in Ordnung? Wie kommen Sie mit dem Baby klar?«
»Mir geht's gut.« Mir war so schwindlig, daß ich mich am Stuhlrand festhalten mußte.
Ich aß mein Gebäck und hangelte mich am Geländer nach oben. Eine halbe Stunde später übergab ich

mich auf dem Weg zur Toilette, und Jonathan fuhr mich in seinem Toyota nach Hause.

»Das Angebot steht noch«, sagte er. »Falls du mal einen brauchst, der seine Vaterschaft anerkennt.« Und weiter: »Wenigstens könntest du heute abend mit mir Tanzen gehen.«

»Magst du mich wirklich, Jonathan?«

Er drehte sich lächelnd um. »Ich mag dich wirklich, Anna.«

Ich bat ihn allerdings nicht herein, weil ich nicht wollte, daß er Rogers herumliegende Sachen sah.

Ich hatte vermutet, Roger würde schrecklich wütend sein, doch es kam noch schlimmer. Er war zynisch, schnoddrig.

»Es muß damals in deinem Zimmer passiert sein. Ich hatte mein Zeug nicht dabei.«

»Na, wenigstens wissen wir jetzt, daß du eine Sache wirklich beherrschst.«

Er zog sich für die Arbeit an und suchte in seinem Koffer nach Strümpfen.

»Dazu gehören bekanntlich zwei.«

»Da bin ich mir manchmal nicht so sicher.«

Ansonsten schwieg er sich aus.

Nach dem Frühstück sagte ich: »Was soll ich jetzt machen?«

Er spielte mit dem Brotmesser, drehte es zwischen den Fingern hin und her und zuckte mit den Schultern, ohne aufzusehen.

»Ganz wie du willst. Ich würde abtreiben lassen, wenn ich du wäre. Eins ist schon eine lebenslängliche Strafe.«
Ich spürte Tränen aufsteigen. »Ich kann nicht. Ich kann's nicht tun, Roger. Es wäre, als würde ich aufgeben. Wie ein Eingeständnis, daß es keine gemeinsame Zukunft für uns gibt.«
»Ich dachte, wir hätten schon aufgegeben.«
»Was *tun* wir dann hier?«
Ich spürte, wie ich zitterte und mein Stimme wurde im Hals gequetscht und erstickt.
»Die Vierundsechzigtausend-Dollar-Frage.«
»Wenn ich jetzt abtreiben lasse, hätte ich's schon beim erstenmal machen sollen. Wie kann man nach einer Abtreibung noch miteinander schlafen? Ich ertrag's nicht. Roger, bitte! Bitte ändere dich. Liebe mich.«
Er wartete. Er muß wohl fünf volle Minuten ohne eine Antwort oder tröstende Geste gewartet haben. Wir saßen am Frühstückstisch und da es so still war, hörten wir, wie Mrs. D oben Mr. D ins Bad schob.
»Deine Liebe hat mich vernichtet«, sagte er leise. »So war ich früher nie. Hättest du mich nicht geliebt, ginge es mir bestens. Ich hätte dich problemlos verlassen können, wie andere Mädchen auch.«
Bobby fing an zu weinen, sein dünnes langes Hungerquengeln.
»Du bist krank, das bist du«, sagte er. »Du bist krank, wie du alles in dich aufsaugst. Liebe ist krank, wenn sie nie Ruhe gibt. Du bist krank, weil du deine Erwartungen aus der Schundliteratur nicht an das

wirkliche Leben angleichen kannst, an mich, wie ich bin. Und mit dieser Krankheit verzehrst du dich vor Gram und saugst allen anderen das Blut aus.«
Und ich sagte: »Aber ich liebe dich, Roger. Das weißt du doch. Ich liebe dich mit Haut und Haaren. Ich hab's nur satt, daß ich nicht weiß, was morgen sein wird. Wie ich zurechtkommen soll.«
Der Kleine schrie wie am Spieß. Es war, als redete man gegen einen Gewittersturm an.
Er sagte, ich würde nie wissen, woran ich mit ihm sei. Er ließe sich an keine Wände nageln. Er sei nicht die Person, die ich liebte, sondern jemand anders. Ich liebte jemand, für den ich ihn irrtümlicherweise halte. Jawohl, das Ganze sei ein Fall von Identitätsverwechslung. Wie wenn sie den Falschen aufhingen. Und dann summte er diesen Bob-Dylan-Song, den wir in einer Aufnahme von Bryan Ferry hatten: »It ain't me, babe. No, no, no, it ain't me, babe.« Er lachte. »It ain't me-e-e, that you're looking for, babe.«
»Dann hau doch ab«, sagte ich, aber er sagte, was solle das bringen, was bringe es schon, wenn er mich verließe, wo ich doch immer wieder zu ihm zurückgelaufen komme?
Und er hatte recht.
»Wir sind besessen«, sagte er. »Unser Pech. Du weißt, daß du ohne mich nicht leben kannst. Mit irgend etwas müssen wir einander wohl verdient haben.«
Er saß da, die eine Hand im Haar vergraben, drehte in der anderen das Messer hin und her und pfiff wieder – »It ain't me, babe« –, und hinter ihm lag der neue

blaue Läufer, den ich gekauft hatte, damit sich Bobby an den Dielenbrettern nicht die Knie aufschrammte, dann der gemietete Fernseher und obendrauf die Lampe mit den Blasen, die mein Dad mitgebracht hatte, als mich er das einzige Mal besucht hatte.

»Ich bin wieder schwanger«, schrie ich. »Herrgott, ich bin schwanger, und mehr fällt dir dazu nicht ein!«

Er pfiff weiter.

Ich weinte, wütend und fertig wie ich war, und stand auf, stolperte um den Tisch und nahm ihm das Messer aus der Hand, so daß es auf ihn deutete, auf seinen Brustkorb.

»Dann bring ich dich eben um«, sagte ich, ohne es im geringsten ernst zu meinen.

Da lachte er nur und sagte: »Oh, das würde ich aber nicht mit dem Messer machen, Kleines.«

Er sah mir in die Augen, und in seinen stand ein Lächeln. Unsere Streitereien ließen ihn kalt. Ihn kümmerte das alles nicht. Er wirkte nicht einmal angespannt. »Für das Messer bist du nicht kräftig genug. Ich würde an deiner Stelle das Gewehr nehmen. Es liegt in Ealing. Ich werd's dir holen. Du tust mir damit einen Gefallen. Ehrlich. Ich hab seit Jahren vor, mich umzubringen.«

Er schaute mir in die Augen, und dann auf seinen Teller, um die Brotkrumen aufzulesen, als sei ich keine Sekunde der Beachtung wert. Er grinste. Ich war sein einziger Triumph auf der ganzen weiten Welt. Er fühlte sich nicht mehr verantwortlich. Er konnte mich ignorieren.

Und so brachte ich ihn um. Ohne zu wissen, daß ich

es tat. Ohne es zu wollen. Wenn ich es gewollt hätte, hätte ich nie den Mut aufgebracht. Meine Wut schwoll einfach an und explodierte. Ich verlor die Kontrolle. Ich stieß das Messer mit aller Kraft in sein sauberes Hemd, das seine Vermieterin gewaschen hatte, er brachte ihr nämlich immer noch seine Wäsche, und ich tötete ihn, und dann brachte ich Bobby hinten raus, um ihn zu beruhigen, und als er nicht mehr weinte, machte ich mir das Sandwich, brachte Bobby nach oben und ging zur Arbeit, nachdem ich das Sicherheitsschloß mit den zwei dicken Bolzen, die in zwei tiefe Löcher schnappen, hatte einrasten lassen.

Ich verschloß Augen, Ohren und Herz vor Roger. Ich sah oder hörte ihn überhaupt nicht. Ich erinnere mich wirklich an gar nichts mehr. Er war mit dem Gesicht nach unten hingefallen, das ist alles – ich trat über ihn weg –, und bewegte sich nicht, und im Blau des Läufers sah das Blut richtig schwarz aus. An mehr erinnere ich mich nicht.

Um halb sieben steckte Salvatore seinen Kopf durch die Tür, sagte, genug sei genug, und ich deckte meine Schreibmaschine ab und ordnete alles fein säuberlich auf meinem Schreibtisch.

Als Mr. Buckley seine Runden drehte und bei mir vorbeikam, sagte er: »Und daß Sie mir ja ein schönes Wochenende verbringen. Haben Sie etwas Besonderes vor?« und ich erwiderte, nicht daß ich wüßte.

Ich rief Mrs. D an, sagte, ich käme heute spät am Abend zurück, und ging ausstempeln.

Jackie sagte, sie hätte mich ja gern zu sich nach Hause eingeladen, sie müsse aber zu einer wichtigen Verabredung mit jemandem.

Jemand, das war Ian.

Sie ging immer zu Ian, wenn Dereck an einem Dartsturnier teilnahm, verzichtete aber darauf, Ian namentlich zu erwähnen, weil er nicht gerade jemand war, mit dem angeben konnte. Wäre es Roger gewesen, hätte sie Roger gesagt.

Aber Roger hat nie Anna gesagt. Nie hat er gesagt, er habe eine wichtige Verabredung mit Anna.

Und ich hatte ihn umgebracht. Einfach so.

»Pump mir mal bis Montag 'nen Zehner, Jackie«, sagte ich. »Ich hab mein Portemonnaie verloren.«

Um acht Uhr war ich an der Waterloo Bridge. Wie ich dorthin gekommen war, wußte ich nicht genau. Aus welchem Grund auch immer hatte ich mit keinem gesprochen, sondern war einfach in irgendeine U-Bahn gestiegen. Ich hätte zur Polizei gehen sollen, aber das tat ich nicht. Wahrscheinlich weil mir klar geworden war, daß ich es ihnen nicht erklären konnte, und sie es ohnehin nicht hören wollten.

Ich war schuldig.

Selbst wenn er mitschuldig war, machte das die Sache auch nicht besser. Sie würden mir Bobby wegnehmen. Ganz bestimmt.

Ich stand auf der Waterloo Bridge, lehnte mich über die feuchte Brüstung und betrachtete die Stadt in der

Abenddämmerung. Hier hatte ich einmal mit Roger gestanden.
Roger sagte immer, London sei die einzige Stadt in England. Er sagte, ihr pulsierendes Leben zöge einen in ihren Bann. Bis einem klarwürde, daß man nie das Leben führen könne, das man sich vorgestellt habe. Man habe sich einen Mythos aufgebaut. Die Stadt ziehe einen an wie Licht eine Fliege, und dann fliege man mit einer Million anderer Fliegen gegen die Fenster, die sich nie öffneten. Und das Pulsieren sei nichts weiter als das Summen dieser geblendeten enttäuschten Fliegen.
Ich hatte Roger immer so gern zugehört, wenn er redete. In meinem Kopf schwirrten lauter Dinge herum, die er gesagt hatte. Vielleicht hatte ich mich in gewisser Weise in seine Stimme und seine ernsthafte Art zu reden verliebt. Er sagte so vieles. Aber er *tat* nie etwas, und nie sagte er Dinge, die *Handlungen* waren, wie er es formulierte, wenn er über seine Stükke sprach. Nie sagte er: »Das ist meine Freundin Anna. Das ist mein Baby.«
Wer weiß wie oft hatte er mit Betty, dieser Vermieterin, geschlafen, nur um mich daran zu erinnern, wie unabhängig er war. Er hatte gesagt: »Hör dir ruhig mein Diktiergerät an, wenn dir danach ist, damit du auf dem laufenden bleibst.«
Vielleicht hatte er mit Wendy geschlafen. Vielleicht hatte er sogar mit Neville geschlafen, um ihn durcheinanderzubringen, wie er damals geschrieben hatte.
Über London hingen niedrige Wolken, es nieselte, und Lichtpunkte zogen sich durch die ganze Stadt,

die immer da war, summend und pulsierend, aber zu der man nie so ganz gehörte, so wie Roger und ich nie ganz einander gehört hatten – da merkte ich, daß ich meinen Hut aufhatte. Seinen Hut.

Ich nahm ihn ab und warf ihn in den Fluß. Er schwebte und drehte sich, und der Wind wehte ihn ein paarmal gegen die Brücke, ehe er nach unten fiel.

Ich konnte ihm folgen. Wenn ich wollte, konnte ich springen. Aber ich würde es nicht tun, das war mir schon klar. Im Grunde war ich für so etwas zu vernünftig. Und zur Polizei würde ich auch nicht gehen. Vielleicht hatte ich mich in Sachen Liebe und Schicksal geirrt. Vielleicht war alles nur mädchenhafter Eigensinn gewesen, die Weigerung, eine Niederlage einzugestehen. Vielleicht hätte ich schon vor langer Zeit Kompromisse schließen, abtreiben, mich in einen anderen verlieben sollen. Lieber Roger. Er lag tot auf meinem Läufer.

Ich ging zu Fuß zur Waterloo Station und blätterte die Telefonbücher durch.

(Ausgerechnet mit einem Küchenmesser! Es war unglaublich. Daß ich die Kraft hatte aufbringen können. Ich. Und das viele Blut.)

»Hallo. Jonathan? Ich bin's. Anna.«

»Oh, Anna. Hallo.«

»Ich will mit dir nach Australien.«

Pause.

»So plötzlich?«

»Dann gehen wir wenigstens tanzen.«

»Das klingt schon eine Spur machbarer. Wo treffen wir uns?«

»Es gibt nur eine Bedingung.«
»Ah, garantierte Keuschheit?«
»Nein, nichts dergleichen. Du mußt mir helfen, eine Leiche loszuwerden.«
»Wie war das?«
Wie üblich rechnet keiner damit, von mir überrascht zu werden.
»Ich erkläre alles, wenn wir uns treffen. Du hilfst mir doch?«
Er lag mit dem Gesicht nach unten. Ich würde ihn nicht sehen müssen.
»Wie ich schon immer sagte, Anna, du hast einen phantastischen Hintern.«
»Sei ein Goldstück, Jonathan«, sagte ich mit koketter Kleinmädchenstimme, von deren Existenz ich gar nichts mehr wußte.
»Ich finde, du bist ein Schatz.«
»Liebst du mich denn auch?«
Wieder Erstaunen, kurze Pause. »So weit würde ich nicht gehen, Süße, aber was nicht ist, kann ja noch werden.«
»Dann treffen wir uns in vierzig Minuten, Acton Central.«
Ich dachte, wenn er sich in einem Pub oder sonstwo meine Geschichte anhörte und wir die Leiche in den Passat schaffen und wegbringen könnten, ohne daß Mrs. D es mitbekam, würde es niemand erfahren. Wie sollten sie auch? Roger hatte alles unternommen, damit niemand erfuhr, daß er bei mir wohnte. Er hatte immer gesagt, so würde es leichter für mich sein – am Ende.

* * *

Elizabeth Forsythe Hailey
Chronik einer Ehe

Roman · 360 Seiten · Leinen · DM 39,80
Preisänderung vorbehalten

Die amüsant zu lesende, kontroverse ›Chronik einer Ehe‹. Gleichzeitig auch die Entwicklung einer Frau von einem naiven Weibchen zur selbstbewußten Frau...

Augsburger Allgemeine

Die Anmerkungen des Mannes... ergänzen das Tagebuch zur Chronik, zur amüsanten und psychologisch interessanten Chronik einer Ehe, in der zwei Menschen miteinander leben lernten und eine zur Unterordnung erzogene Frau ihren eigenen Weg fand.

Münchner Merkur

Ein spannender Roman. Berufliche Freuden und Fehlschläge ergeben das lebendige Bild einer Ehe, wie sie jeder kennt.

Welt am Sonntag

Ein Schlagabtausch unter Eheleuten, aber nie mit Schlägen unter die Gürtellinie, eine Auseinandersetzung, die nicht zerstört, sondern zusammenschmiedet.

B.Z., Berlin

Schneekluth